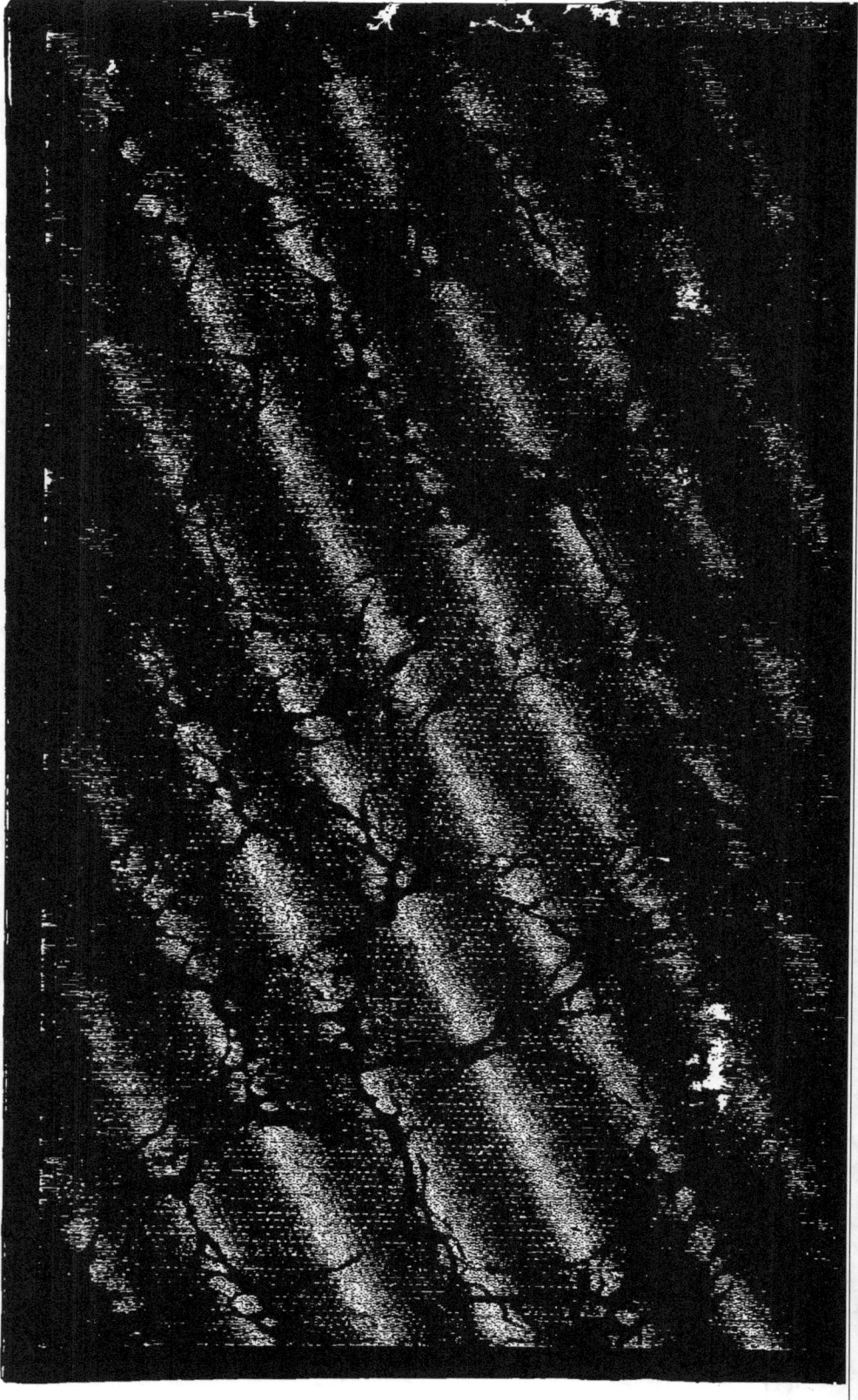

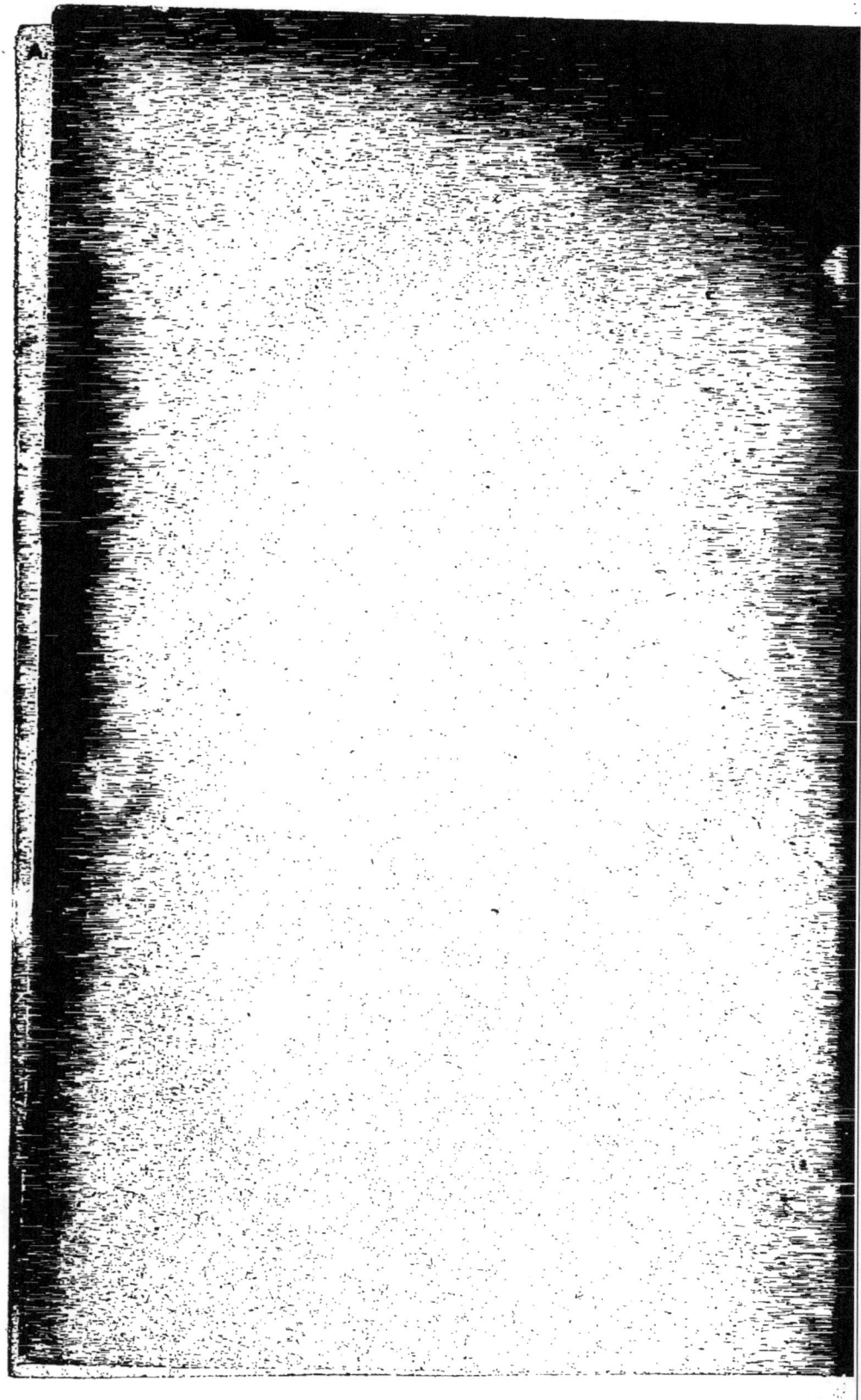

UNE

FILLE LAIDE

PAR

CLAIRE DE CHANDENEUX

PARIS

E. PLON ET Cie, IMPRIMEURS-ÉDITEURS
RUE GARANCIÈRE, 10

—

1878

Tous droits réservés

UNE FILLE LAIDE

PARIS. TYPOGRAPHIE DE E. PLON ET Cie, RUE GARANCIÈRE, 8.

UNE
FILLE LAIDE

PAR

CLAIRE DE CHANDENEUX

PARIS

E. PLON ET Cie, IMPRIMEURS-ÉDITEURS

10, RUE GARANCIÈRE

—

1878

Tous droits réservés

UNE FILLE LAIDE

Il est à supposer que le château de Brébion était
en 1871 la plus triste demeure de France, tant sa
position dans un coin sauvage du Jura le rend d'un
abord difficile et d'un aspect sévère.

Planté lourdement sur une masse granitique, qui
paraît servir de socle à ses quatre grosses tours, il
garde, malgré les siècles, quelque chose de la force
imposante du passé.

Naturellement défendu par sa situation, il eut
jadis des remparts, mais ni fossés, ni pont-levis,
ni garnison peut-être.

La coutume du pays est de dire qu'un bon arbalé-
trier suffisait à garder Brébion.

Et de fait, tenter l'escalade de ces rochers nus n'était point un jeu d'enfant, entamer ces murs épais n'était point commode, même aux meilleures couleuvrines.

C'est pourquoi, sans doute, le châtelain Hector de Brébion, qui fit construire ce nid d'aigle, y mena joyeuse et paisible vie, tandis que ses voisins guerroyaient les uns contre les autres et se dépossédaient de leurs fiefs, suivant le droit du plus fort qui dominait dans les temps barbares.

Mais si la sécurité absolue, la retraite inviolée suffisaient au moyen âge pour assurer le bonheur d'une famille seigneuriale, peut-être n'en est-il plus de même à notre époque.

Aussi bien, les assauts n'étant plus à craindre, les spoliations ressortant uniquement du domaine de la justice civile, ce qui faisait la joie des châtelains de jadis devait faire le désespoir des châtelains actuels.

Isolés sur leur roc, séparés des autres mortels par l'ascension obligatoire d'une montagne aride, rôtis par le soleil rapide et brûlant des étés trop courts, glacés par les longs hivers blancs de neige, battus par les vents froids qui hurlent la nuit sur les hautes cimes jurassiennes, les habitants de Brébion menaient une existence peu enviable, en dépit du grand renom de cette antique famille.

Ces habitants étaient trois femmes, un vieil au-

mônier et deux serviteurs, qui occupaient le logis
encore passable aménagé parmi les ruines colossales
du manoir.

En outre, le secrétaire de la marquise de Brébion
nichait quelque part, on ne savait au juste où, dans
une des tours, la moins démantelée, avec les hiboux
et les chauves-souris.

Car, il faut bien l'avouer, ce château si imposant,
si superbe vu d'en bas, qui forme un décor si grandiose à la vallée de Salins, n'était guère à l'intérieur
qu'un amas de murs effondrés que les vigoureuses
pousses du lierre géant ont recouverts de leur végé-
tation luxuriante.

On voyait le ciel à travers les tours découronnées ;
la pluie tombait sans obstacle dans la salle d'armes
qui fut l'orgueil d'Hector de Brébion ; l'herbe croissait haute et drue dans les fentes des murailles ; la
cour d'honneur était une prairie mal entretenue où
pâturait en paix Rochette, la vache favorite ; les ci-
ternes restaient obstruées ; et l'on voyait fréquem-
ment, le soir, des grenouilles indiscrètes venir coasser
familièrement jusque sous les fenêtres de la marquise.

Celle-ci ne s'affectait en rien de cet état de choses,
lamentable au point de vue du confort, et désastreux
pour l'avenir du château, dont l'effondrement suprême devenait imminent.

Depuis longues années, madame de Brébion, indifférente aux révolutions, aux événements, aux nécessités de la vie même, avait muré son existence dans l'égoïsme le plus absolu.

Une étrange variété d'égoïsme, du reste. Loin d'exiger pour son usage des soins et des chatteries que son grand âge eussent rendus bien légitimes, elle vivait de peu, ne demandait rien, se montrait toujours satisfaite.

A la condition, toutefois, que tout le monde en fît autant autour d'elle, et sans qu'elle eût à y contribuer.

Toujours vêtue d'une robe de veuve qu'elle ne laissait renouveler, avec de grands « hélas ! » que lorsque l'étoffe se refusait impérieusement à un plus long usage ; elle se levait tard, déjeunait d'une tasse de lait, faisait un tour à petits pas sur le versant qui surplombe la ville de Salins, dînait avec une belle pomme de terre cuite sous la cendre et trois noix, faisait sa sieste, dictait quelques pages de ses Mémoires, soupait d'un verre d'eau rougie et d'une tartine de beurre, et se mettait au lit avec le soleil pour ne point user d'huile inutile. Son grand corps long, sec et grêle, supportait à merveille ce régime cénobitique qu'elle imposait à toute sa maison.

Le digne prêtre qui remplissait à Brébion les fonctions d'aumônier avait pris chrétiennement son parti de ce jeûne forcé et de cette abstinence à peu près perpétuelle, opinant même, dans sa vertueuse candeur, qu'il en devait être reconnaissant.

— C'est une façon de faire pénitence qui n'est guère méritoire, mais infiniment commode pour ma pauvre nature, disait-il parfois à ses élèves.

Celles-ci, mesdemoiselles Étiennette et Paula de Béringe, étaient à l'âge où le bien-être matériel est une des conditions essentielles d'un développement normal.

L'aînée venait d'atteindre sa vingtième année, la seconde en avait dix-huit.

Peut-être dans d'autres lieux, avec d'autres manières d'organiser leur vie et de renouveler la séve de leur jeunesse, les deux sœurs auraient-elles été bien différentes de ce que la destinée les avait faites.

Étiennette, chétive et souffreteuse, l'épaule un peu déviée, le visage pensif, semblait résignée à vivre dans cette atmosphère de privations.

Paula, ardente et résolue, ressemblait assez à l'une de ces pauvres petites cailles que les enfants recueillent dans les champs pour les emprisonner et qui brisent leur tête révoltée contre les barreaux de leur cage.

Peu lui importait de manger du pain dur et des noix sèches; ce qu'elle désirait follement, c'était la liberté.

A Brébion, la liberté — chose ou mot — était totalement inconnue.

Déjeuner d'une façon sommaire, dîner par à peu près et ne souper absolument pas, paraissait le lot du secrétaire, Aubin Vial.

Il était diaphane, souriait volontiers et ne se plaignait jamais.

Quant aux deux domestiques, Mariette et Thibaut, vieux époux d'humeur désagréable, ils protestaient d'une façon muette et continue contre les ordres dignes d'Harpagon de leur maîtresse.

Mariette était grasse; Thibaut montrait, sur sa face rougeaude, un nez enluminé des plus compromettants.

Comment le couple s'y prenait-il pour fleurir et rougeoyer en cette terre aride? C'était le secret de Thibaut, secret que les cabaretiers de Salins, où il opérait de nombreuses descentes, devaient partager avec lui.

L'argent monnayé n'apparaissait guère à Brébion qu'à l'état de curiosité. Quelque chose semblait violemment arraché des entrailles de la marquise quand il lui fallait tirer des profondeurs de ses poches un louis d'or à l'effigie du roi Louis XVI.

Ces déchirements se représentaient chaque trimestre quand il fallait solder les gages des serviteurs — bien médiocres pourtant — fournir de vin blanc la petite sacristie, renouveler quelque objet de ménage, remplacer la provision de papier, de savon et d'huile, et offrir le pain bénit à la paroisse.

Hors de ces choses, que toute l'industrie possible ne pouvait suppléer, rien ne s'achetait à Brébion.

Chacun devant s'ingénier à pourvoir soi-même, et sans bourse délier, aux nécessités journalières, il en résultait une émulation à la fois touchante et comique entre les habitants du château.

Les doigts habiles d'Étiennette avaient métamorphosé les antiques tentures, détachées de leurs anneaux brisés, en costumes, invraisemblables comme tissu, et parfaitement acceptables comme forme.

Paula, chargée des débris vénérables que l'aumônier appelait « sa garde-robe », entretenait les deux seules soutanes du bon prêtre par des miracles d'adresse.

Mariette blanchissait le linge, et les deux sœurs suppléaient à un repassage insuffisant en le parfumant de verveine qu'elles allaient cueillir entre les rochers.

On se chauffait avec les plafonds tombés; on soutenait les clôtures branlantes avec les poutres hors d'usage; on utilisait la rigole creusée dans la salle d'armes par les pluies d'hiver pour y semer une cressonnière, qu'un chenal soigneusement dirigé entretenait tant bien que mal.

Les pommiers et les noyers abondaient dans le
clos ; Rochette avait un lait abondant. Chaque année, elle donnait à ses maîtres une petite génisse
qu'on laissait croître jusqu'à l'âge où, abattue par
Thibaut et préparée par Mariette, elle venait recevoir, sous la grande cheminée de la cuisine, l'aro-
matique fumée des genévriers.

Le veau fumé devenait alors le régal des grands
jours, l'accessoire essentiel de toute bonne fête.

N'avons-nous pas dit, je crois, que le boucher de
Salins ignorait le chemin du château ?

Ces prosaïques détails doivent faire soupçonner le
dénûment profond dans lequel la marquise consu-
sumait ses derniers jours.

Elle allait avoir soixante-dix-sept ans.

Il y en avait alors cinquante qu'elle était arrivée
un soir à Brébion, seule, vêtue de noir, les yeux
secs, quoique creusés par les larmes versées.

Quelque chose de douloureux dans la voix, d'égaré
dans le regard, avait frappé le régisseur préposé
depuis longtemps déjà à la garde des ruines.

Car Brébion, cinquante ans plus tôt, n'était déjà
plus que cela.

La marquise annonça la mort de son mari, après
une union orageuse et courte, ce qui ne justifiait
que trop son attitude à la fois farouche et désolée.

Le marquis avait mangé sa fortune et celle de sa

femme dans les brillants plaisirs d'une cour élégante où sa position militaire lui donnait entrée.

La veuve avait recueilli quelques bribes de sa dot,
et, les dettes payées, il ne lui resta guère que Brébion qui n'avait plus qu'une valeur historique.

Elle vint s'y confiner, à la grande surprise de la
société salinoise, au grand scandale du régisseur.

Lui, qui se trouvait si mal logé, si haut perché, si
tristement perdu dans ces ruines, il ne pouvait admettre qu'une jeune femme, encore belle sous son
deuil, et libre, vint s'y enfermer volontairement.

Caprice de veuve! pensa-t-on dans le pays.

Le caprice s'était éternisé.

Madame de Brébion n'était plus descendue de son
rocher que pour aller, de loin en loin, toucher à
Besançon les revenus qui l'empêchaient de mourir
de misère.

Plus tard, en vieillissant, elle n'accomplit même
plus ce petit voyage, et ce fut un clerc de notaire
de Besançon qui vint de temps à autre lui apporter
ses arrérages.

Ils étaient bien maigres sans doute, malgré les
années écoulées, car rien ne changea chez la marquise, dont l'austérité plus que monacale ne devait
pas se démentir.

Rien ne changea... mais, si vraiment.

Brébion se peupla à la longue. Quand les jambes

1.

roidies de la vieille dame ne lui permirent plus d'aller entendre la messe à la ville, elle obtint de l'archevêque l'autorisation d'avoir un aumônier.

Ce fut même la seule occasion où l'on vit des ouvriers entrer au château. Il fallut déblayer, recouvrir, orner la chapelle. La marquise s'imposa quelques privations de plus et n'hésita pas à rendre au petit sanctuaire l'éclat modeste qui convient à la maison de Dieu.

Cet aumônier, vieillard pieux et savant, regarda cette position comme une retraite honorable. S'il ne recevait pas d'honoraires, il était entouré de respect; il trouvait du bien à faire dans les campagnes voisines et s'estimait encore heureux de son sort.

Son bonheur fut complet quand la marquise lui confia l'éducation de deux petites filles, dont elle avait connu la famille autrefois, et dont les parents, dépouillés par de malheureuses spéculations, venaient de mourir sans leur laisser la moindre fortune.

Celle de la marquise rendait une adoption doublement méritoire. Elle y fut amenée, non sans hésitation toutefois, par le souvenir de pertes considérables que les folies du défunt marquis de Brébion avaient entraînées dans la famille de Béringe.

Son mari et le grand-père des petites orphelines avaient été liés nombre d'années de cette façon solide, quoique imprudente, qui implique la bourse commune et les coups d'épée donnés ou reçus par procuration.

La marquise se crut-elle solidaire à quelque degré des pertes infligées aux de Béringe par les prodigalités des deux camarades?... Toujours est-il que deux fillettes, qui riaient insouciamment dans leurs robes noires, furent apportées à Brébion dont elles devinrent la grâce et la gaieté.

Mariette et Thibaut avaient remplacé le régisseur décédé de vieillesse.

Aubin Vial, lui, y était à peu près tombé du ciel.

II

Un soir, on entendit un bruit singulier dans la
Tour-Maîtresse, ainsi nommée de la façon menaçante
dont elle surplombe la vallée.

C'était bien pire que le vol de toute une nichée
de hiboux; il s'y mêlait même des gémissements
confus.

Et les pierres dégringolaient du sommet de la
tour jusqu'au bas de la montagne.

Thibaut dressa l'oreille, et Mariette alluma son
falot.

— Il faut aller voir, dit-elle.

Son mari partait déjà.

Les enfants, qui faisaient leur prière du soir,
avaient aussi entendu quelque chose, comme un
éboulement; mais les éboulements n'étaient point
rares dans les ruines.

Les plaintes n'arrivaient pas jusqu'à la chambre
mal close qui leur servait de retrait.

Seulement, Étiennette aperçut le falot de Ma-,

riette qui traversait la cour. Un falot!... cela était
si insolite que Paula n'y put tenir.

Elle courut dans l'ombre, aussi vite que le lui
permit sa connaissance des lieux, et arriva, derrière
les domestiques, dans la tour.

Étiennette la suivait plus lentement.

Au milieu de l'espace circulaire qui formait autrefois le rez-de-chaussée de la tour, se débattait
quelque chose de bizarre, blanchi de plâtras, em-
pêtré de lianes, couvert d'une poussière séculaire
qui s'envolait en nuée.

Était-ce un animal? Était-ce une créature humaine? Évidemment cet être, quel qu'il fût, avait
roulé du haut de la tour en s'accrochant aux pierres
qui avaient cédé sous son poids.

Dans ces vieux murs branlants, le moindre choc
provoquait des chutes de ce genre.

Mais comment admettre qu'un être vivant se his-
serait au sommet de la *Tour-Maîtresse?*

Thibaut écarta les pierres, tira les lianes, secoua
l'objet et se trouva, à sa grande surprise, en face
d'un adolescent blême et couvert de sang.

Le malheureux s'était blessé à la tête en tombant,
et ses mains écorchées jusqu'au vif sur les pierres
aiguës n'avaient pu le préserver.

Le premier instant de surprise passé, le mari et la
femme se consultèrent. Que faire de cet inconnu?

Les enfants, qu'on ne songeait point à interroger, intervinrent.

Étiennette déclara qu'il fallait le soigner d'abord; Paula offrit son petit lit.

Mariette, qui était sensible, comme toutes les femmes qui ont été mères, en face des souffrances de l'enfance, trouva que les chères fillettes avaient raison.

On transporta le blessé sur le lit de la bonne femme, et toute la nuit les soins les plus attentifs lui furent prodigués.

Le lendemain, Thibaut ramena le médecin de la ville, car la marquise, prise aussi de pitié, quand on lui conta l'aventure, l'envoya bien vite quérir.

Le docteur Barbet tâta les membres du blessé et ne constata aucune lésion grave, malgré la hauteur de cette épouvantable chute.

Tout autre que le petit inconnu se fût tué sur le coup.

Son cerveau seul paraissait avoir souffert, quoique la blessure du front n'offrît aucune profondeur dangereuse.

L'œil restait fixe, la parole embarrassée, les idées absentes.

Il fallut plusieurs jours et beaucoup de patience pour recueillir de sa bouche les détails sommaires de sa courte existence.

Il s'appelait Aubin Vial; il avait été élevé aux Enfants trouvés de Besançon. A seize ans, on l'avait placé comme expéditionnaire dans une étude d'avoué pour utiliser son instruction qui était fort au-dessus de la moyenne; une fièvre typhoïde lui avait fait perdre cette position en détruisant une partie de ses facultés intellectuelles, particulièrement la mémoire; une extrême faiblesse le rendait en outre impropre au travail manuel. Il devint un objet de commisération pour les uns, de moquerie pour les autres.

Ses anciens protecteurs, qui ne l'avaient point perdu de vue depuis sa sortie de l'administration, l'envoyèrent à la campagne chez des cultivateurs avides, où le convalescent ne reçut ni les soins ni les ménagements qu'on leur avait demandés pour lui. Il en reçut même les traitements les plus durs et les plus immérités.

Il s'en était enfui, sans réfléchir, sans comprendre que s'en aller ainsi comme un coupable, c'était donner des armes contre lui.

Les paysans inquiets prirent l'avance en se plaignant à l'administration des hospices de leur protégé, dont le départ devait cacher quelque méfait. Assez clairement même, ils osèrent le laisser entendre.

Quand Aubin Vial se présenta, un peu confus,

malgré l'obscurcissement de son intelligence, au directeur des Enfants trouvés resté son bienfaiteur, il en reçut un accueil froid et en conçut un chagrin si vif que, dès cet instant, sa résolution fut prise.

Renvoyé chez ses premiers maîtres, après une sévère admonestation, il ne s'y rendit pas et se jeta follement dans la campagne sans un centime, sans un ami, sans un conseil.

Ce n'était point amour du vagabondage, certes. C'était désespoir d'avoir démérité, de se sentir incapable de travail, de ne point reconquérir son intelligence ébranlée.

Il alla, il alla, toujours devant lui, au hasard, sans rien demander, tombant de fatigue, inspirant la pitié par son aspect et recevant parfois une aumône dont l'amertume lui était adoucie par l'impérieuse nécessité de la faim.

De ce que les paysans l'avaient maltraité, de ce que le directeur des Enfants trouvés l'avait mal reçu, il avait conçu une sorte de ressentiment farouche contre les hommes.

Il se sentait amoindri dans son esprit et dans son corps par l'implacable maladie et ne cherchait qu'à fuir ses semblables plus heureux.

En traversant Salins, sans même en demander le nom, il avait levé les yeux et contemplé avec envie

les deux forts, Belin et Saint-André, qui dominent
la ville.

— Comme on doit être seul et libre là-haut !
pensa-t-il.

Un second coup d'œil lui montra qu'il se trompait. Des curieux, des baigneurs, gravissaient en
troupe rieuse les pentes du fort Belin pour jouir du
panorama qui s'y déroule ; une file de soldats, dont
les pantalons rouges étincelaient entre les rochers,
descendaient du fort Saint-André pour venir s'ap-
provisionner à Salins.

Il courba la tête et passa.

Plus loin, quand l'horizon plus large se développa
devant son regard triste, il aperçut Brébion debout
sur ses roches abruptes, comme une sentinelle oubliée des siècles disparus.

C'était à la fois la majesté, l'isolement, la désolation. Quelque chose, la voix des ruines peut-être,
l'attirait invinciblement vers cette masse sombre et
silencieuse.

— Là, pensa-t-il encore, je ne serai ni maltraité,
ni méconnu, ni raillé par ceux qui ont une mère, du
pain et des bras pour travailler.

Il monta vers Brébion sans plus hésiter, comme si
le port entrevu devait le recevoir d'une façon certaine.

Plus il avançait, plus l'état d'abandon du château

le frappait, plus il se réjouissait d'y atteindre.

Il se voyait si seul, si maître des ruines, que son pauvre petit cœur gonflé par l'injustice s'apaisait par degrés. Les noix et les pommes tombaient sur l'herbe ou se balançaient à portée de sa main. La source, entre les pierres moussues, était fraîche et chantante.

Aubin Vial fut heureux tout un jour.

A la tombée de la nuit, sa joie s'envola brusquement. Une voix mâle résonna dans les ruines, et l'enfant abandonné vit paraître une vieille femme, un domestique et deux fillettes.

C'étaient Thibaut, Mariette, Étiennette et Paula qui rentraient au logis, après une journée passée sur le versant opposé à cueillir les dernières récoltes du petit verger.

Des habitants!... quel dommage!

Aubin s'enfonça dans le dédale des pierres tombées; puis, Thibaut s'apprêtant à faire sa ronde quotidienne, il eut peur d'être découvert et grimpa le long des lierres séculaires qui s'enroulaient aux saillies de la *Tour-Maîtresse*. Des débris d'escaliers y régnaient : il les gravit en trébuchant.

Une ouverture se trouva sous son pied; il y entra. C'était une petite pièce à peu près intacte, une dépendance de la tour, quelque oratoire de châtelaine ou quelque retrait de troubadour.

Ce nid providentiel, suspendu à cinquante ou soixante mètres du sol, ouvert à moitié sur le vide, tapissé de végétations sans nom, parut superbe au pauvre inconscient.

Ce qui lui restait de mémoire lui rappela les ermites célèbres; ce qui lui restait d'imagination l'enflamma d'un bel enthousiasme pour les Jérôme et les Siméon Stylite.

Il eût été si heureux dans cet asile, où jamais la curiosité ne fût venue le chercher, avec les noix, les pommes et la source qui chantait toujours!

Tandis que cet homme, cette vieille femme, et surtout les deux fillettes qu'il venait d'entrevoir, allaient le chasser dès le lendemain.

Oui, surtout les deux fillettes. N'étaient-ce pas, depuis sa maladie, les enfants, les adolescents comme lui, qui l'avaient fait le plus souffrir en le poursuivant de quolibets et de leur cruauté niaise?

Il avait peur des enfants maintenant.

Le sommeil le surprit dans ses rêves informes, dans ses regrets vagues. Il s'était pelotonné dans un coin du petit retrait et dormait déjà quand le vol lent d'un hibou effleura ses yeux clos.

Pouvait-il deviner qu'il tenait la place d'une couvée partie le matin même et dont la mère, après avoir vainement appelé les ingrats, revenait tardivement chercher encore les traces?

Ces ailes chaudes et lourdes qui traînaient sur son visage causèrent au malheureux abandonné une sensation d'épouvante bien naturelle.

Il se releva d'un bond, chassa des deux mains le frôleur nocturne, et, tout ensommeillé, dans l'obscurité profonde, s'en fut en trébuchant s'abattre près de l'ouverture béante qu'il avait oubliée.

Il s'en souvint en sentant le vide sous ses mains étendues, et fit un cri de détresse. Vainement voulut-il s'accrocher aux lierres, ils cédèrent avec des plaintes et des révoltes sous son poids. Vainement tenta-t-il d'étreindre les pierres branlantes de l'escalier, elles se détachèrent et roulèrent avec un bruit retentissant : d'autres suivirent. Chaque effort qu'il tenta pour se retenir ne fit qu'accélérer sa chute.

C'était alors que Mariette et Thibaut, surpris de ce bruit inusité, accoururent à son secours.

Tel fut, avec des réticences, des lacunes, le récit du pauvre Aubin quand il eut recouvré l'usage de la parole.

Le docteur Barbet y puisa la confirmation de ses premiers diagnostics : l'intelligence, déjà fort compromise par une fièvre pernicieuse, venait de recevoir un nouvel ébranlement capable de l'emporter tout à fait.

La marquise éprouvait une commisération profonde pour cet être incomplet, maladif, sans parents, sans avenir.

Étiennette pleurait toutes ses larmes, et Paula, bondissant comme une chèvre sauvage à travers la chambre du blessé, répétait qu'il fallait non-seulement le guérir à Brébion, mais encore l'y garder toujours.

En écoutant ces paroles, en voyant ces petites têtes sympathiquement penchées vers lui, Aubin tressaillit de surprise et de joie : il y avait donc des enfants qui ne riaient pas de son regard atone ni de son visage ahuri?

La marquise ne répondait pas, ne promettait rien, mais s'occupait chaque jour avec plus d'intérêt de l'état de son malade.

Le front ouvert se guérit; les bras contusionnés se raffermirent; les forces revinrent; l'intelligence semblait toujours dormir.

Le petit abandonné ne partait pas.

Où donc serait-il allé? Il n'osait y songer. Sa sauvagerie s'était apprivoisée sous les mains délicates de ses garde-malades.

Quand, dans le bon sommeil de la convalescence, il se prenait à rêver ermitage et solitude, c'était avec la vague pensée que les Jérôme et les Siméon Stylite n'avaient pas trouvé de charitable marquise, de vieille Mariette, de douce Étiennette ni de mignonne Paula pour les retenir.

Les deux chères fillettes s'étaient donné la tâche

de ranimer cet esprit obscurci. Elles lui réapprenaient à lire, à comparer, à juger, comme à un petit enfant.

Elles lui répétaient en souriant les leçons que, toutes graves, elles venaient de recevoir de l'aumônier.

Et c'était un touchant spectacle que de voir ces jeunes âmes à la fois si patientes et si ardentes pour réveiller une autre âme endormie.

Aubin, depuis sa guérison, avait regagné la *Tour-Maîtresse*. Il l'aimait, quoiqu'il en eût failli mourir. Le petit retrait était le seul logement qu'il ne lui répugnât pas d'accepter.

Il s'y sentait chez lui. Plancher nu, poutres rongées, le lierre pour tapisserie, un hibou pour compagnon, n'était-ce pas bien l'entourage qui convenait à l'enfant trouvé?

Avec cela, la joie au cœur de se sentir aimé! Aubin n'en voulait pas davantage.

Thibaut, tout en grommelant d'une fantaisie pareille, l'avait aidé à consolider les débris de l'escalier et à plaquer sur l'unique fenêtre une façon de volet fait d'une planche hors d'usage.

Mariette avait fourni la couchette, sorte de cadre de bois mal équarri où s'allongeait une paillasse de varech.

Étiennette avait cousu les couvertures et Paula,

donné sa plus belle chaise gothique. La marquise avait octroyé au « solitaire », comme elle l'appelait en riant, une petite glace de Venise biscautée, épave des splendeurs mobilières de Brébion, qu'un musée eût jalousée.

Aubin fut touché de cette attention, admira la glace sans en comprendre la valeur, et ne voulut point en orner sa retraite.

Elle resta tournée contre le mur; et comme Paula l'en grondait:

— Je ne veux pas voir mon triste visage, répondait-il doucement.

Alors Paula prenait sa sœur à part et lui demandait, le plus sérieusement du monde, ce qu'il fallait faire pour donner un autre visage à leur ami Aubin.

Étiennette souriait, jetait un regard sur sa propre personne et répondait avec un soupir contenu:

— Il ne faut point le changer, il faut l'animer.

Le temps, les soins, l'influence de la jeunesse et de l'affection amenèrent cette transformation, ou plutôt cette résurrection. Lentement, un voile sembla se lever qui pesait sur le cerveau de l'enfant trouvé. Une lueur se produisit qui lui fit revoir et reprendre en quelque sorte son passé tout entier, avec son éducation, ses aptitudes, sa gratitude pour la maison qui l'avait pris au berceau, et son dévouement pour le directeur qui l'avait doté d'autant de connais-

sances intellectuelles que le comportait le règle-
ment.

Aubin rentra en possession de tous les priviléges
de l'intelligence, non point brusquement, mais par
gradations, avec des joies intimes et des attendris-
sements sans fin.

Car, à l'heure où ses facultés lui étaient rendues,
il sentait autour de lui les sympathies les plus chaudes
pour l'aider à en savourer les douceurs.

Il courut à Besançon. Le directeur était mort.

Un peu hésitant, il revint à Brébion.

Cette première absence venait de lui démontrer
que tout son cœur restait accroché dans les ruines,
et qu'à l'en vouloir arracher il souffrirait atro-
cement.

Pourtant, les années avaient marché pendant sa
longue maladie, il avait dix-neuf ans et pouvait désormais travailler. Mais pour travailler utilement, il
fallait quitter Brébion.

Quand il en parla, l'œil humide, ce fut un cri
dans la salle basse où se tenaient les habitantes de
Brébion.

— Partir! dit la marquise; mais, mon pauvre enfant, tu n'y penses pas. Tu as été si longtemps en
lisières que tu ne saurais jamais te conduire tout seul.

— D'ailleurs, dit Étiennette, ta santé n'est point
assez forte pour se passer de nos soins.

— Et qui te remplacerait chez nous, mon Dieu ? ajouta Paula.

— Tu ne sais rien de la vie, reprit la marquise.

— Tu retomberais malade tout de suite, dit Étiennette.

— Nous ne pourrons plus ni promener, ni pêcher, ni lire, ni. rire sans toi, conclut Paula toute rouge de contrariété.

Le pauvre garçon n'eût pas mieux demandé que d'être convaincu ; mais avec l'intelligence était revenu le jugement.

— Je dois travailler, répondit-il respectueusement.

— Tu ne travailles donc pas ?... cria Paula ; c'est-à-dire que Thibaut se repose maintenant.

— Aubin peut travailler autrement que des bras, intervint l'aumônier.

— N'est-ce pas, monsieur l'abbé ? dit le jeune homme avec un brin de légitime orgueil.

— Sans doute. Il peut se créer une position.

La marquise fronça ses sourcils sévères.

— C'est juste, dit-elle. Ici l'on végète tout au plus.

— Vous vous méprenez, madame, expliqua l'aumônier ; j'entends dire seulement qu'Aubin peut et doit être indépendant par son travail comme toute créature humaine. Je voudrais lui découvrir une occupation de ce genre sans l'éloigner de nous... mais...

— Ne pourrions-nous en inventer ? insinua Paula.

— Elle est trouvée, dit tout à coup l'abbé.

Aubin le dévora des yeux.

— Il y a longtemps, madame la marquise, que je veux vous demander une grosse entreprise... et j'hésite : il faut de si bons yeux et une si jeune volonté !

— Qu'est-ce donc? demanda la marquise.

— Écrire, après l'avoir reconstituée, l'histoire de Brébion.

— Ah!... un beau rêve ! exclama la douairière en devenant attentive.

— Un trop beau rêve!... ma vieillesse en serait cependant consolée, j'ai tous les matériaux, là... dans la bibliothèque. Les rats ont daigné me laisser quelques parchemins précieux, quelques légendes authentiques qui permettent de tracer cette épopée glorieuse de plusieurs siècles où les Brébion ont eu toujours le plus noble rôle.

La vieille dame s'était ranimée. Ses yeux secs, où la lueur inquiétante de la folie mettait parfois des paillettes, prenaient une teinte chaude, vivante et de bon aloi. Le sentiment de la famille, l'orgueil du nom, l'honneur des ancêtres semblaient faire battre joyeusement son cœur momifié.

— Mais c'est un Brébion qui devrait écrire cette histoire! fit-elle vivement : oh! que ne le puis-je encore moi-même !

L'aumônier suivait cette transfiguration avec une surprise grosse d'arrière-pensées. Allait-il découvrir un moyen ignoré d'arracher la marquise à son apathie, à ses calculs mesquins, à son économie poussée hors de toutes limites, à toutes les monomanies étroites indignes du nom qu'elle portait?

Mettre une passion honnête et absorbante dans cette vie sans but, c'était une inspiration hardie. Faire revêtir à cette passion une forme peu coûteuse, c'est-à-dire adorée, c'était un coup de maître.

— Madame la marquise, s'écria le digne prêtre, vous avez une idée généreuse que la dernière Brébion se doit à elle-même et à ses aïeux de mettre à exécution. Daignez nous confier l'exécution matérielle, gardez la direction de l'œuvre. Je compulserai, vous dicterez, Aubin écrira. Voilà du travail pour tous.

— Et du plaisir pour tous! exclama Paula en battant des mains.

— Vous avez le cœur bien spirituel! chuchota Étiennette en se penchant vers l'aumônier, qui sourit.

Le vieux prêtre et la toute jeune fille venaient de se comprendre.

Aubin devait entrer de moitié dans leur charitable complot. Il baisait les mains qu'on lui tendait, il riait au milieu de ses larmes, on le gardait, on l'aimait. Il aimait tant le manoir, lui aussi, pierres et gens !

Dès le lendemain, revêtu des fonctions de secrétaire, il commençait des fouilles actives dans les vénérables restes, parchemins poussiéreux, feuillets déchiquetés, chroniques en lambeaux, que la vieille dame appelait sa bibliothèque.

L'aumônier le dirigeait. Le soir, on lisait les notes, on discutait les sources, et l'on écrivait, pour la plus grande gloire des Brébion, les hauts faits de cette antique race.

La marquise ne se sentait pas de joie. Violemment arrachée à ses préoccupations ordinaires, elle prenait au sérieux sa mission et se regardait, en toute conviction, comme prédestinée à tirer de l'oubli un nom qui fut pendant des siècles l'un des premiers de France.

Difficile d'ailleurs, minutieuse, un peu brouillon, elle ne rendit pas le poste d'Aubin Vial une sinécure, comme on pourrait le supposer.

Elle le tenait de longues heures courbé sur sa table de travail, gourmandait souvent, et faisait de cette entreprise littéraire une œuvre de patience plus encore que d'érudition.

La nouvelle passion de la marquise, habilement entretenue par son entourage, galvanisa pendant trois hivers cette nature énigmatique. Elle y donna

les dernières flammes d'un esprit troublé depuis
cinquante ans par des chagrins amers, qu'elle ne
confia jamais.

Ce fut une ère de soulagement, de détente, pour
les habitants des ruines. Si les dépenses matérielles
n'y augmentèrent que faiblement, du moins s'y
glissa-t-il quelques douceurs dont la rareté doublait
le prix.

L'inquiète parcimonie de madame de Brébion dé-
sarma, pour ainsi dire, pendant cette période d'activité purement intellectuelle, dont Mariette profita
pour engraisser et les deux sœurs pour respirer à
l'aise.

Ce ne fut, du reste, qu'une halte.

La Légende de Brébion — tel était le titre du travail où s'acharnait Aubin — entamait résolûment
la descendance du grand Hector de Brébion, la
gloire de la famille, le fondateur du château, quand
la marquise témoigna une sorte de lassitude.

Elle prit du repos, voulut se remettre à sa *Légende* et n'y parvint pas. L'impatience la gagna
d'abord, puis l'ennui. Elle ne voulut plus dicter, se
contenta d'écouter la lecture, bientôt même ne
blâma ni n'encouragea, et finit par retomber dans
sa première apathie, dans son féroce égoïsme.

Elle était alors septuagénaire, et l'aumônier avait
accompli une véritable merveille en occupant jusque-

2.

là de choses graves, nobles et historiques, cet esprit
usé, dévoyé, que l'on disait dans le pays hanté par
la folie.

Au château, on respectait trop profondément la
marquise pour admettre cette hypothèse douloureuse.

Mais la vie s'y écoulait morne et lente, sevrée de
toutes distractions, enserrée dans un cercle d'occupations monotones et de devoirs invariables.

C'est pourquoi nous disions en commençant que
Brébion était certainement, en 1871, la résidence la
plus sombre et la plus triste de France.

III

A cette époque néfaste, Aubin Vial venait d'y rentrer après avoir fait la campagne comme volontaire.

Sa santé, restée délicate, semblait devoir le dispenser de cette prise d'armes que trop d'hommes solides eurent l'art regrettable d'éviter.

Il n'y songea même pas.

— Si je ne puis faire le coup de feu, comme les autres soldats, disait-il, je pourrai toujours les suivre et les servir.

La Providence fit à sa bonne volonté patriotique la grâce de le fortifier et de le soutenir dans sa longue route semée de combats et de misères.

Il se battit tout comme un autre, peut-être mieux qu'un autre, pensant uniquement, pendant la lutte, à la France et à Brébion.

La France était bien misérable, Brébion bien abandonné! Si peu qu'il fût, Aubin Vial avait le saint orgueil de croire utile à sa patrie et à ses bienfaitrices son obscur dévouement de soldat.

Il traversa la guerre sans blessure, sans maladie, sans défaillance. A voir ce jeune homme pâle, de petite taille, grêle et souffreteux, on eût dit que la fièvre ou la fatigue en allait avoir raison mieux encore que la mitraille.

Point. Il marchait toujours, soutenu par l'idée fixe de faire son devoir et de revoir les ruines.

Échappé d'Allemagne, de nouveau fait prisonnier à Orléans, délivré par un retour offensif des Français, il se battit, ici et là, tant qu'il y eut une armée de la Loire, une armée du Nord, une armée de l'Est.

La paix le rendit sain et sauf à Brébion.

Quand il parut dans la salle basse, encore vêtu d'une capote en lambeaux, noir de misère et secouant la neige persistante que le Jura n'avait pas encore dépouillée sous le premier soleil de mars, la vieille marquise leva vers le ciel ses mains tremblantes de joie.

— Je n'espérais plus te revoir! balbutia-t-elle, tandis qu'il s'agenouillait pieusement devant son fauteuil.

Elle lui abandonna ses mains qu'il mouilla de ses larmes, et chercha sa tête inclinée pour la bénir.

Paula, rayonnante, tournait autour du jeune soldat en s'ébahissant de le retrouver sous cet uniforme invraisemblable.

Étiennette, silencieuse et profondément émue,

contemplait l'ami de son enfance avec un regard humide de bonheur.

— Remercions Dieu! dit la voix grave de l'aumônier.

Il était bien vieilli, bien cassé, le digne prêtre; c'est à peine si, pendant les jours douloureux où Salins vit la bataille rougir ses portes, il put descendre, soutenu par Thibaut, pour aller consoler les mourants.

Car Salins, qui refusa le passage à l'armée prussienne, eut l'honneur de se défendre et l'orgueil d'entendre tonner le canon de ses forts contre l'ennemi.

Étiennette et Paula, dérogeant pour la première fois à leurs habitudes de retraite, étaient allées chaque jour à l'hospice joindre leurs soins touchants à ceux que les sœurs hospitalières prodiguaient aux victimes d'un trop inutile combat.

Et, quand elles remontaient le soir sur leurs rochers, les bénédictions des blessés les suivaient et protégeaient leur sommeil.

Aubin Vial apprit ces détails avec émotion : si souvent il s'était demandé ce que faisaient, seules et tristes, ses chères compagnes de ruines.

A son tour, il dut raconter son odyssée douloureuse, interrompue par les frissons et les pleurs de son auditoire.

— Au moins, tu ne nous quitteras plus jamais! dit
la marquise.

Certes, il ne voulait plus les quitter. Sa vie, son
cœur, toutes ses ambitions d'avenir tenaient entre
ces pierres noires. Le temps était loin où, timide, il
laissait entendre que peut-être il devait aller chercher ailleurs le travail quotidien. Le malheur de la
France avait seul pu l'en arracher. Il défiait presque
la destinée de créer une situation assez impérieuse
peur l'en éloigner encore une fois.

Ces ruines, c'étaient le berceau de son bonheur, la
demeure de son choix, la tombe rêvée. Parfois, en
regardant le lierre superbe qui, par un changement de rôle, soutenait maintenant les murailles,
il se disait avec un secret orgueil que lui aussi
pouvait, à son tour, soutenir et protéger ses bienfaitrices.

Il se sentait capable d'un autre labeur que celui
qu'il avait si longtemps mené à bien. Tout en écrivant la *Légende de Brébion* pour le plus grand conten-
tement de la marquise, il avait puisé à des sources
inédites les documents les plus précieux sur la
Franche-Comté.

Il s'était passionné pour ses recherches, les avait
soumises à l'aumônier, et, déjà bien avant la guerre,
avait jeté les bases d'une étude historique à laquelle
il rêvait de se consacrer désormais.

La Franche-Comté, cet ancien comté libre de Bourgogne, qui déplore patriotiquement aujourd'hui de s'être appelée jadis la *Bourgogne allemande,* le tentait irrésistiblement par ses révolutions ethnographiques et politiques, par ses guerres et ses revendications, les vicissitudes de ses souverains et le pittoresque de sa situation géographique sur le Doubs et la Saône jusqu'aux Vosges, ce qui lui donne toutes les richesses des pays de plaines unies à toutes les beautés des pays de montagnes.

Il en étudiait les origines avec curiosité avant son départ; au retour, il se prit à en écrire l'histoire avec amour.

Dans la solitude, l'étude et le malheur, son esprit s'était agrandi, son jugement s'était formé. Le voisinage des cimes élève les pensées. Les siennes avaient pris leur vol par grands coups d'ailes.

Il voulait être quelque chose d'utile, s'il ne pouvait être quelqu'un de renommé.

Il lui était venu l'ambition d'attacher son nom à une œuvre pour s'acquitter quelque peu de sa dette de reconnaissance.

Je ne crois pas qu'il désirât la gloire pour lui; mais à coup sûr il souhaitait l'avenir assuré pour ses protectrices.

Et le pauvre enfant trouvé, dont elles avaient réveillé les facultés, avait la sainte volonté de leur rendre, par son travail intellectuel, un peu de ce qu'il en avait reçu.

Car il se demandait toujours avec effroi, surtout depuis la guerre, quel patrimoine resterait à mesdemoiselles de Béringe quand la marquise ne serait plus.

La famille de Béringe, éteinte et ruinée, n'était plus représentée que par les deux sœurs, qui ne se connaissaient ni parent ni allié à aucun degré.

Madame de Brébion n'avait pas d'héritier direct. La pauvre femme n'avait, du reste, à léguer que des murs effondrés et un verger où les arbres, mal taillés, non greffés, ne donnaient plus que des fruits à moitié sauvages.

Si tant est qu'elle eût l'idée de faire un testament en faveur de celles qu'elle appelait volontiers « ses filles », le fisc et les hommes de loi n'emporteraient-ils pas cette dernière épave ?

Son séjour parmi ses pareils avait ouvert les idées d'Aubin sur un sujet dont on ne paraissait pas avoir au château la moindre préoccupation.

Et il lui restait assez de souvenirs des grimoires qu'il avait jadis grossoyés chez un avoué pour sentir que ses chères petites amies pouvaient un jour se réveiller sans pain.

Quand cette perspective passait, comme un cauchemar, devant ses yeux épouvantés, Aubin se penchait, en frissonnant, sur son pupitre, et, dans la nuit, les Salinois attardés, qui levaient les yeux vers Brébion, distinguaient la lampe du jeune homme scintillant à l'unique fenêtre de son retrait entre ciel et terre.

Il n'avait pas quitté la *Tour-Maîtresse* et n'avait pas permis non plus qu'on y introduisît quelque amélioration.

Seule, la glace de Venise, fendue et belle encore, avait quitté sa posture boudeuse contre le mur pour se coller triomphalement sur le plus large panneau de la cellule.

Ce changement avait eu lieu après une visite d'Étiennette et de Paula, qui venaient, suivies de Thibaut, s'assurer que leur ami revenu ne manquait pas absolument de tout.

— Encore dans un coin! avait dit Paula avec un éclat de gaieté; que vous a-t-elle donc fait pour la laisser en pénitence?

Aubin sourit et retourna la glace. Depuis que la guerre avait développé son corps, élargi sa poitrine et bruni son front, il ne répugnait plus autant à la réflexion de son image.

Ce n'était certainement pas un joli garçon; mais c'était un jeune homme ordinaire, plutôt distingué qu'effacé, dont on n'était plus du tout tenté de se railler, mais qu'il eût fallu considérer plus attentivement, plus longuement, pour deviner sa véritable beauté, celle de l'âme.

Quand Paula mira dans la glace retournée sa fraîcheur sans pareille, ses opulentes tresses blondes et ses yeux mutins où riait l'insouciance, Aubin crut voir entrer dans sa cellule un éblouissant rayon de soleil.

Étiennette, à son tour, pencha sa tête fine et se regarda d'un air rêveur. La glace ternie lui renvoya deux grands yeux gris empreints d'une indicible mélancolie, des joues creuses, un teint brouillé, une bouche sérieuse et les sévères bandeaux de cheveux châtains dont elle encadrait un visage sans beauté.

Elle tournait déjà la tête. Aubin la ramena doucement, semblant prendre plus de plaisir qu'elle à contempler ses traits irréguliers et dou.

Thibaut eut aussi la curiosité d'approcher sa large face rougeaude, et cette apparition prosaïque fit si bien envoler les deux autres qu'Aubin, dépité, remit la glace en pénitence.

Il est vrai que le lendemain elle prit sa place défi nitive au panneau.

IV

Un jour, il se produisit quelque chose d'insolite à Brébion : il y vint une visite.

De mémoire d'homme cela ne s'était jamais vu.

La société salinoise, très-noble, très-antique, très-collet monté, respectait infiniment la veuve sans fortune qui portait si dignement, depuis un demi-siècle, le deuil d'un mari frivole et dissipateur.

Sa pauvreté, quoique paraissant un peu trop excessive pour n'être pas doublée d'un brin d'avarice, n'excitait qu'une commisération silencieuse.

Quant à la troubler sur le rocher où elle s'était créé une retraite inexpugnable, personne n'avait osé commettre une politesse qui pouvait ressembler à une indiscrétion.

Il fallait donc un motif positif pour faire déroger un habitant de la ville à cet usage qui avait pris force de loi.

Le motif était presque aussi surprenant que la visite elle-même : c'était la reconnaissance.

Mesdemoiselles de Bériuge, qui ne savaient rien de

la vie, ignorant que la gratitude fût lourde à porter pour les cœurs vulgaires, trouvèrent bien naturelle la démarche de madame de Saint-Èbre.

Cette jeune femme arrivait toute joyeuse à Bré bion, le lendemain même de son retour à Salins, pour embrasser et bénir les garde-malades de son cher mari.

Car c'était là toute l'histoire. M. Charles de Saint Èbre, blessé au combat de la Barbarine, aux portes de Salins, avait été rapporté à l'hôpital, et non dans son hôtel désert, d'où sa famille était partie pour l'Angleterre dès le début de la guerre. Madame de Saint-Èbre était Anglaise.

Il était justement placé dans la salle Saint-Anatole, où mesdemoiselles de Béringe exerçaient volontairement et charitablement leur pieux ministère.

Elles prirent en grande pitié ce pauvre blessé que la fatalité séparait des siens et qui sans cesse appelait tristement sa chère Margaret et son petit Edward.

Elles lui témoignèrent beaucoup de sympathie, l'entourèrent de soins dévoués, se chargèrent de sa correspondance, essayèrent enfin, par tous les moyens qu'un esprit délicat peut suggérer à de bons cœurs, de distraire un chagrin profond que la maladie aggravait encore.

Lady Margaret, aussitôt la triste nouvelle reçue, allait accourir quand son fils contracta, dans le

brouillard d'un pays qui n'était point favorable à sa
constitution débile, une de ces affections des bronches, tenaces et dangereuses, qui nécessitent les soins
les plus vigilants.

L'épouse s'immola devant la mère. Madame de
Saint-Èbre sauva son fils... en tremblant de ne plus
revoir son mari.

Elle le revit pourtant, lorsque la force de tempérament et l'énergie de M. de Saint-Èbre eurent
triomphé du mal. Il se hâta de se faire transporter,
à petites journées, jusqu'à Boulogne, d'où la jeune
femme l'emporta en quelque sorte chez sa mère pour
achever de lui rendre la santé à force de tendresse
et de bonheur reconquis.

Ils y restèrent quelques mois. M. de Saint-Èbre,
tout à fait rétabli, manifesta le désir de reprendre
son ancienne existence à Salins, dans le vieil hôtel
paternel, imposant, sévère et plein de souvenirs de
famille, dont l'architecture, d'un grand style, fait
l'ornement du Bourg-Dessous et la jalousie du Bourg-
Dessus.

Pour comprendre ces appellations, il faut savoir
que la ville est partagée en deux portions distinctes
comme étendue, habitations, sociétés, j'allais dire
mœurs.

Le Bourg-Dessous, c'est la vieille ville qui garde
le cachet indélébile de la domination espagnole.

Églises d'ordres composites que la guerre et le feu ont entamées; maisons noires aux toits inégaux, portes cintrées, voûtes sombres, fenêtres ogivales, grilles ouvragées enserrant de leurs arceaux de fer des croisillons avares d'air et de jour, jardins suspendus accrochés à la montagne, terrasses superposées, restes de couvents, débris de remparts, tours branlantes.

On ne serait point surpris de voir apparaître à ces fenêtres discrètes des têtes de femmes armées de la fraise austère et les cheveux enferronnés.

On s'attend presque à voir glisser, entre les murailles étroites, les manteaux retroussés et les sombreros rabattus.

Mais au lieu de cette mise en scène castillane, le Bourg-Dessus nous offre, sans transition, d'élégants costumes parisiens, dont les volants, les pouffs et les ceintures flottantes semblent dépaysés même dans le quartier neuf où l'établissement des Bains dresse son minaret de briques.

Car le Bourg-Dessus, c'est le progrès; c'est le moderne, c'est le théâtre, la rue pavée, éclairée, vivante.

Et l'un succède brusquement à l'autre, Salins n'étant qu'une unique rue interminable, entre deux montagnes couronnées de forts.

Dans le passé, on la voit ensevelie dans le souvenir des siéges qu'elle a soutenus, de la peste qui l'a décimée, des incendies qui l'ont six fois dévorée.

Dans le présent, on la trouve régénérée par de bienfaisantes eaux minérales, et faisant des efforts réels, quoique encore incomplets, pour s'élever au rang de grande station balnéaire.

Ainsi située, la petite ville pittoresque attire plus le touriste par la variété de ses sites sauvages, verdoyants ou gracieux, que par le nombre de ses plaisirs.

Les habitants semblent y jouir de cette quiétude somnifère que certaines latitudes provinciales distillent invinciblement.

Pour beaucoup, du reste, cette absence d'émotions est tout le bonheur.

Lady Margaret, transplantée de Londres à Salins par le fait d'un mariage de convenance arrangé par deux familles amies, y serait morte d'ennui peut-être, sans la naissance du petit Edward.

Mais elle était de cette race britannique où l'amour de la famille tient aux entrailles. La maternité lui tenait lieu de plaisirs, ou, pour mieux dire, les renfermait tous.

Quoique positive, elle avait un certain fonds de sensibilité. La charitable intervention de mesdemoiselles de Béringe dans ses épreuves d'épouse l'avait touchée autant qu'elle était susceptible de l'être.

Vite, vite, à peine descendue dans le sombre hôtel

de Saint-Èbre, voulut-elle aller le leur dire elle-
même.

Elle le regardait comme un devoir d'abord, et
n'était point fâchée non plus d'avoir cette occasion
précieuse de glisser un œil curieux dans cet intérieur
mystérieux, dont il se racontait tant de choses bizarres.

M. Charles de Saint-Èbre partagea volontiers ce
grand empressement sans y apporter, lui, la moindre
arrière-pensée.

C'était un caractère loyal, sans l'ombre de finesse,
un esprit ordinaire, un cœur excellent; un de ces
hommes qui honorent le nom qu'ils portent sans y
ajouter d'éclat; un de ces maris qui inspirent à une
femme bien élevée une affection sincère, quoique
sans enthousiasme.

— Ma chère amie, dit M. de Saint-Èbre, je vous
ferai seulement observer qu'on ne peut aller à Brébion en carrosse.

— N'y peut-on monter à cheval?

— Difficilement. Je craindrais que votre jument,
Lindine, n'eût pas le pied assez sûr pour ces rochers
nus.

— Eh bien! je grimperai! déclara vaillamment la
jeune femme.

Elle le fit, comme elle le disait, avec une ardeur
qui n'était pas précisément dans ses habitudes.

C'est pourquoi, du haut de la *Tour-Maîtresse*, Aubin, qui venait d'abandonner quelques instants son travail, contemplait un jour avec stupeur une visiteuse inconnue montant, montant, sans prendre haleine, vers le château.

Il crut d'abord à quelque baigneuse désœuvrée dont le pied alpestre s'essayait orgueilleusement dans ces chemins sans pareils.

Mais bientôt la silhouette épaisse et carrée du cavalier qui l'accompagnait vint ôter toute vraisemblance à cette hypothèse.

Ce cavalier, qui suait et soufflait à suivre la promeneuse, ne remplissait certainement pas là un acte de plaisir volontaire, ni même de courtoisie banale.

On devinait bien, rien qu'à l'entrevoir, qu'un monsieur de cette encolure n'accomplissait pas l'ascension de Brébion sans un grave motif.

Plus il approchait, d'ailleurs, plus Aubin, rassemblant ses souvenirs, en arrivait à mettre un nom sur ce visage.

— Eh! mon Dieu! fit-il tout à coup, c'est M. Charles de Saint-Èbre qui vient se montrer à nos enfants dans tout l'épanouissement de sa convalescence.

Aubin disait encore volontiers « nos enfants », peut-être pour oublier que l'aînée allait être majeure.

3.

Il dégringola, plutôt qu'il ne descendit, l'escalier de sa cellule, faillit renverser Mariette dans la cour, et fit irruption à la façon d'un obus dans la grande salle.

— Madame la marquise... madame la marquise... une visite!

Il n'avait pas le temps de prendre de détours pour annoncer l'étonnante nouvelle : elle le talonnait.

. La marquise fit un bond sur son fauteuil.

— Une visite!... répéta-t-elle; mais ce n'est pas l'époque où maître Trabois, mon notaire, vient de Besançon pour me voir.

— Aussi n'est-ce pas maître Trabois.

— Ce n'est pas...! qui donc alors?

— M. et madame de Saint-Èbre.

Étiennette se leva toute souriante.

— Notre blessé! fit-elle avec joie.

Paula jeta sur sa robe de cotonnade à larges fleurs, descendue d'une tenture hors de service, un regard désolé.

C'est qu'elle était femme, la jolie Paula, et qu'il lui déplaisait fort, d'instinct, de paraître devant une autre femme sous cet étrange accoutrement.

Étiennette n'y songeait même pas, quoique le fourreau noir qui enserrait sa chétive personne ne fût rien moins que gracieux à l'œil.

La marquise avait froncé les épais sourcils gris qui

donnaient à son visage austère une expression de dureté.

— Je crois peu à la reconnaissance du monde, dit-elle froidement. Si M. et madame de Saint-Èbre prennent la peine de monter jusqu'ici, c'est qu'ils ont quelque curiosité à satisfaire. Il ne me plaît guère de m'y prêter.

— O mère! insista Étiennette.

— D'ailleurs, je ne reçois personne, je n'entends pas être espionnée.

Et la vieille dame, dans un inconcevable accès de sauvagerie, fit le plus énergique des gestes de refus.

Étiennette effarée lui prit les mains.

— Trop tard! murmura le jeune homme.

Mariette venait d'apparaître sur le seuil, précédant les visiteurs avec une gaucherie qui touchait à l'hébétement. De sa vie, il ne lui était rien arrivé de pareil.

— C'est un monsieur et une dame..., commença-t-elle.

Paula ne lui laissa pas le temps d'achever. Avec une grâce naïve, elle s'avançait au-devant de madame de Saint-Èbre, en souriant au convalescent.

Celui-ci, tout heureux de revoir « ses bonnes petites sœurs de charité », débuta par une explosion joyeuse qui mit tout le monde à l'aise.

— Le trouvez-vous assez remonté, assez fleuri,

assez jubilant, votre blessé? demanda-t-il avec un empressement comique, tandis que lady Margaret faisait à la marquise la plus respectueuse révérence.

Quand il eut accompli lui-même ce devoir, il revint à Étiennette et à Paula le cœur tout débordant de la satisfaction sans seconde du retour à la vie chez les natures robustes.

La jeune femme, très-désireuse de payer son tribut d'actions de grâces, le fit avec une simplicité émue dont la sincérité ne pouvait être discutable.

Madame de Brébion, renfermée dans un silence hautain, se sentit presque attendrie des bénédictions qu'elle entendait donner à « ses filles ».

Non pas qu'elle ne trouvât ces bénédictions on ne peut plus méritées, mais ses souvenirs amers et lointains l'avaient rendue fort sceptique sur les sentiments d'autrui.

La conversation prit bientôt un tour facile, affectueux même. Les circonstances douloureuses où l'on s'était connu semblaient avoir le don d'aplanir l'étiquette et d'ouvrir les cœurs.

Madame de Sainte-Èbre, mal assise sur une chaise de paille, contemplait d'un œil discrètement investigateur le très-singulier spectacle de cet intérieur.

La grande salle avait les proportions larges et profondes d'une époque de géants. Son plafond, très-élevé, était entièrement composé d'épaisses so-

lives de chêne où reluisaient encore, d'espace en
espace, des étoiles d'or terni; les fenêtres, creuses
assez pour y installer un boudoir parisien, ne laissaient pénétrer qu'un jour rare; une cheminée de
pierre sculptée, dont une double rangée de person-
nages légendaires montraient leurs têtes entamées,
leurs bras absents, leurs figures grimaçantes, projetait son auvent gigantesque fouillé comme une châsse
italienne; aux murs pendaient lamentablement des
pans de tentures de cuir, jadis dorées et gaufrées,
que les clous d'Aubin Vial, patiemment enfoncés çà
et là, essayaient de retenir en équilibre; un dressoir
antique, privé de sa vaisselle plate et de sa faïence
armoriée, occupait un des côtés de la salle; un bahut
sans portes, trois escabeaux séculaires y représentaient
le temps passé; deux fauteuils de paille et quelques
chaises, cannelées par Thibaut avec de l'osier sauvage, composaient le mobilier moderne.

Au milieu de cet ameublement hétéroclite, l'épinette
de la marquise montrait ses touches fausses et dé-
chaussées qui parfois, le soir, babillaient aigrement
sous les doigts de Paula, ou pleuraient sous ceux
d'Étiennette.

Une chiffonnière en bois de violette, plaquée d'une
planche de sapin par Thibaut, servait de table de
travail aux deux jeunes filles, dans l'embrasure profonde d'une des fenêtres.

Toute ces choses appartenant à des âges divers, et comme scandalisées de leur réunion, formaient un assemblage lugubre, pauvre, blessant à l'œil.

L'atmosphère paraissait lourde entre ces poutres de chêne aux étoiles d'or et ces siéges boiteux, humblement empaillés, entre ces ciselures de pierre et ces vitres de verre grossier.

En regardant la marquise droite, sèche, impassible, au milieu de ces incohérences et de ces débris, lady Margaret eut comme l'impression d'une immense misère ou d'une épouvantable passion.

Et, lorsque ses yeux, dilatés de surprise, embrassaient le groupe touchant des deux sœurs, elle se demandait, avec un involontaire frisson, comment ces deux fleurs de jeunesse avaient pu s'épanouir en un tel milieu.

Il est vrai que l'une d'elle, du moins, n'avait point atteint sa croissance normale et semblait souffrir inconsciemment d'un manque d'air et de liberté.

Étiennette, avec une épaule légèrement défectueuse, une physionomie grave et de petits membres délicats, racontait à son insu les misères et les étouffements de cette vie comprimée.

M. de Saint-Èbre ne vit pas tant de choses, car il se bornait à juger superficiellement ce qui frappait son regard.

— Une vieille femme originale et des fillettes qui

doivent énormément s'ennuyer ! pensait-il en prenant congé.

On ne se sépara pas sans que madame de Saint-Èbre n'eût prié madame de Brébion de lui permettre des relations plus suivies avec « ses jeunes et déjà chères amies ».

Elle mit une certaine grâce exotique dans cette demande dont le grand air et la forme élégante désarmèrent quelque peu la vieille dame.

Sans rien promettre, elle n'enleva pas tout espoir à lady Margaret de revoir les douces recluses.

Celles-ci, non accoutumées à des marques aussi flatteuses d'attention, restèrent sous le charme de cette apparition aristocratique, si digne dans sa forme, si souriante dans ses manifestations.

— A revoir ! à revoir ! répétait Paula avec l'ivresse des natures primitives et passionnées.

Et, toute caressante, elle mettait son front sous les lèvres de lady Margaret.

— A revoir ! disait aussi Étiennette, mais avec la timidité d'une âme craintive que trouble un nouvel horizon

V

Aubin Vial n'avait point assisté à cette mémorable visite. Sa dépendance volontaire, qu'on ne lui faisait jamais sentir, lui créait des devoirs de convenance qu'il remplissait par instinct, sans trop savoir, par la seule impulsion de sa délicatesse.

Secrétaire, ami, serviteur, il était tout cela et plus encore. Il se regardait comme le chien fidèle de la marquise, comme le gardien des ruines, comme le défenseur des orphelines, comme le souffre-douleur d'élection qui devait épargner à tous une fatigue, une privation ou une inquiétude.

Sa courte vie militaire, si rude et si pleine, avait élargi son dévouement, comme elle avait doublé ses forces physiques.

Il prévoyait l'heure où la vie factice et hors nature de Brébion trouverait son terme dans celui de la vie même de sa propriétaire.

Et d'avance il s'effrayait de voir contracter aux orphelines d'autres relations qui pussent au besoin devenir d'autres appuis.

Il se sentait trop peu de chose pour pouvoir leur tenir lieu de tout, et pourtant, dans sa passion de dévouement, il rêvait de se passer des hommes pour cette œuvre si lourde.

Il ne se réjouit donc pas de la venue du ménage Saint-Èbre qui lui parut comme une menace.

L'aumônier, au contraire, crut voir la main de la Providence dans cette union amicale, distinguée, qui venait au-devant de ses élèves.

N'était-ce pas une porte tout naturellement ouverte sur ce monde qu'elles paraissaient destinées à ne jamais entrevoir?

N'était-ce pas le début d'un genre de vie nouveau plus conforme aux aspirations de la jeunesse?

Et ne fallait-il pas regarder comme une première victoire que la marquise, dans son farouche amour de solitude, eût été contrainte de faire bon accueil aux étrangers?

Aussi, lorsque fut agitée la grosse question : « Faudra-t-il rendre sa visite à madame de Saint-Èbre? » l'aumônier se déclara-t-il hautement pour l'affirmative.

— Monsieur l'abbé, lui répondit assez sèchement madame de Brébion, vos conseils, permettez-moi de vous le dire, se ressentent trop de la bonté de votre cœur, et point assez de la prudence de votre caractère.

— En quoi donc, chère madame?

— En ceci que c'est vous qui m'avez encouragée
à laisser ces enfants descendre à Salins soigner les
blessés, et que c'est vous encore, lorsque cette première concession m'attire des dérogations à mes
habitudes, qui voulez donner suite à des changements qui me froissent et m'inquiètent.

— Mais, madame, ces pauvres enfants sont appelées
à vivre au milieu d'un monde qu'elles ignorent et
qui pourrait...

— Pourquoi cela? interrompit violemment la
vieille dame. Ne peuvent-elles vivre à Brébion comme
j'y vis depuis cinquante ans moi-même?... Elles y
seront à l'abri des injustices, des prodigalités, des
abandons, des commérages. Elles y conserveront la
paix.

— Peut-être désireront-elles voir de plus près ces
orages que vous redoutez pour elles : la jeunesse a ces
audaces.

— Elles en reviendraient blessées, mutilées, mou-
rantes peut-être; je veux qu'elles restent sur leur
rocher.

— Un mariage peut cependant...

— Un mariage!... Où donc avez-vous pris, monsieur l'abbé, que ces enfants doivent se marier?... Où
donc est l'impérieuse nécessité de les livrer, inno-
centes et bonnes, à des maris légers, joueurs, faux,

méchants?... Moi vivante, elles ne se marieront pas.

L'aumônier ne le savait que trop.

D'ailleurs, qui donc aurait songé à demander la main d'Étiennette, une fille laide, ou de Paula, une fille pauvre?

Quand la marquise faisait quelque allusion, si indirecte qu'elle fût, aux ménages mal assortis, aux douleurs cachées du mariage, elle tombait dans des accès de tristesse dont rien ne pouvait la tirer.

Il fallut attendre plusieurs jours avant d'oser formuler à nouveau la terrible question : « Faut-il rendre la visite de madame de Saint-Èbre? »

Cette fois encore, on se fût heurté à un impitoyable refus si l'aumônier n'avait eu la triomphante inspiration d'insinuer que ce serait le premier manque d'étiquette dont une Brébion se rendrait coupable.

Sur les cordes distendues de cette intelligence autrefois belle et qui s'en allait déclinant, on ne pouvait plus guère faire vibrer qu'un son : l'orgueil de race.

Pour ne pas faire déroger Brébion de son vieux renom de courtoisie, la marquise consentit d'admettre que toute visite en vaut une autre et que mesdemoiselles de Béringe se présenteraient à l'hôtel Saint-Èbre le dernier jour de la semaine.

Ce fut une grosse affaire.

Paula, dont la vanité naissante avait des intuitions
toutes féminines, fit subir à sa modeste garde-robe
l'examen le plus attentif. Rien n'était convenable,
rien n'était possible même.

Pour la première fois, la pauvre petite se trouvait en face d'une de ces nécessités sociales que
le philosophe dédaigne, mais dont les jeunes
filles de dix-huit ans subissent aveuglément les
arrêts.

Être à la mode!... Elle n'osait point y penser
mais au moins fallait-il ne pas faire peur.

Étiennette la tira d'embarras.

La belle saison lui vint également en aide en auto-
risant une fraîcheur de tissu qui devait à un récent
blanchissage son éclat printanier.

Dans ses patientes recherches au milieu des débris
de toute nature qui encombraient le château,
Étiennette avait découvert certain moustiquaire de
mousseline blanche dont les châtelaines de Brébion
préservèrent jadis leur visage délicat pendant les
chaudes nuits d'été.

Le tissu solide, quoique clair, qui avait résisté à
l'action des années, en avait contracté la teinte
rousse. Si Mariette n'avait pas possédé le grand art
de laver bien avec peu de savon, et de repasser à
miracle avec un charbon insuffisant, rien de bon
n'eût été tiré du moustiquaire.

Heureusement pour les jeunes filles que Mariette était un trésor.

Le ciseau d'Étiennette en sut tirer une longue robe blanche, simple et souple, sans autre ornement que l'ourlet large qui cachait à peine les petits pieds de Paula et s'épandait en arrière en une traîne gracieuse, dont les modestes dimensions n'avaient nul rapport avec les incommensurables appendices que les élégantes suspendaient alors à leurs vêtements.

Telle quelle, serrée à la taille par une agrafe de ce vieil acier bleu que les journaux de modes devaient peu après remettre en vogue, cette toilette avait une fraîcheur charmante, cadre attrayant pour la beauté de Paula.

Sur ses bras d'un modelé artistique, de longues mitaines de filet noir dont elle avait tressé elle-même les mailles soyeuses.

Sur ses tresses blondes, un chapeau de paille noire, que Mariette avait soumis à une teinture inédite fort réussie, sur lequel un étroit ruban noir — épave des atours de la marquise — retenait une toute petite branche de houx naturel.

Étiennette, satisfaite de son œuvre, n'eut plus le temps de songer à elle-même. D'ailleurs, à quoi bon? Comme s'il eût été tout simple qu'elle portât le deuil d'une beauté absente, mademoiselle de Béringe s'habillait ordinairement en noir.

Elle ne dérogea point à cette coutume attristée, relevant seulement l'austérité de la nuance par un nœud bleu qu'Aubin Vial l'avait priée d'accepter.

Ce nœud bleu qu'elle accepta comme il était offert, avec simplicité et reconnaissance, représentait l'obole du travailleur acharné qui veillait à la *Tour-Maîtresse*.

C'était le premier salaire de l'enfant trouvé qui, pour se reposer de son *Étude sur la Franche-Comté*, faisait des copies pour un libraire de Salins.

Mêmes mitaines, même chapeau, même petite branche de houx qu'une modiste n'eût certes jamais deviné cueillie dans le bois, et les deux sœurs rayonnantes descendirent à la ville.

Mariette les suivait avec une importance grotesque, persuadée qu'elle prenait un relief tout particulier aux yeux des habitants qui ne manqueraient pas de remarquer leur passage.

Les jeunes filles se souvenaient en descendant de ces jours horribles où, sous leur capuchon, elles accouraient le matin et remontaient le soir, sans autre pensée que le soulagement des malheureux.

— Nous n'imaginions point alors, disait Paula, que nous repasserions quelques mois après, par les mêmes sentiers, avec de la gaieté et... une robe blanche.

Naïvement, elle admirait les plis souples du léger

tissu que le vent de la montagne soulevait autour d'elle.

Dans les ruines, là-haut, on l'admirait aussi.

La marquise avait fait rouler son fauteuil près de la fenêtre ; l'aumônier, sur la terrasse, avait cessé de lire son bréviaire ; dans sa cellule, Aubin Vial ouvrait de grands yeux.

Tous trois suivaient du regard et du cœur ces chères « joies de la maison ».

Aubin regardait flotter la robe blanche avec un fier sourire : mais la simple robe noire, qui paraissait et disparaissait le long des rochers tournants, le captivait plus doucement encore. Seulement ce n'était plus le même charme.

Cette simple robe noire !... il la savait si résignée, si douce, si bonne, toute à tous !... Lui, plus encore que tous les autres habitants des ruines, il en avait senti l'influence salutaire, sereine et pure !

Ne devait-il pas à l'inébranlable énergie, non moins qu'à la patience inépuisable de cette simple robe noire, le réveil de son intelligence, le don le plus beau, son bonheur enfin ?...

Tout à coup, il sursauta. Elles s'en allaient ainsi, seules, sans leur chien fidèle,.. s'il allait leur arriver malheur... si quelque baigneur oisif... si quelque Parisien hardi...

D'un bond, il fut en bas de l'escalier ; un autre le

porta au milieu des rochers. Encore quelques efforts, il allait les rejoindre.

Brusquement, il s'arrêta. On ne l'avait point appelé. Qui pouvait dire que sa présence n'était pas indiscrète ?

Mériter un regard étonné de Paula... déplaire à Étiennette... c'étaient maintenant les seuls chagrins d'Aubin. Il n'allait pas follement les affronter.

A distance, se dissimulant derrière les buissons maigres, s'effaçant aux détours de l'étroit sentier, il suivit patiemment les orphelines, constatant avec une vanité fraternelle que les promeneurs se détournaient pour les revoir.

Quelques groupes de baigneurs, disséminés au pied de la montagne, se demandaient, en effet, quelle était cette étrange et charmante vision, cette enfant blonde, cette robe blanche pareille à une tunique biblique, cette sœur aînée si sérieuse, cette gouvernante si grotesque, cet ensemble enfin si en dehors des élégances et des conventions modernes.

Elles passaient sans comprendre.

Le long des faubourgs, quelques personnes les reconnurent pour les avoir vues à l'hôpital.

— Qu'y a-t-il donc d'extraordinaire à Brébion ? dirent les bonnes gens sur leur seuil; voici les demoiselles parées comme des châsses.

En traversant l'interminable rue du Bourg-Dessus, ce fut un triomphe.

La musique des pompiers venait de se faire entendre dans le jardin de l'établissement thermal, les étrangers en sortaient avec cette physionomie particulière aux baigneurs en quête d'une distraction nouvelle.

Ils remarquèrent les deux sœurs, assez différentes, certes, des poupées articulées appuyées à leur bras, pour mériter cette distinction.

— Tiens! dit l'un, une ballade... en chair et en os!

— Une Willis de la légende! dit un autre.

— Elle est déguisée, cette petite! siffla une dame mûre.

— Elle a retrouvé les mitaines de sa grand'maman! ricana une demoiselle peinte.

— Une belle jeune fille!... déclara un artiste.

La demoiselle peinte fit une moue dédaigneuse.

— Tout est naturel, fraîcheur, printemps!... continua-t-il avec conviction.

— Une sauvagesse agréable, n'est-ce pas? reprit la dame mûre.

— Une parfaite beauté! conclut l'artiste d'un ton sec.

D'autres avis vinrent corroborer le sien. Un peu de curiosité vint aussi s'ajouter à l'admiration. D'où

4

sortaient ces jeunes filles?... dans quel hôtel étaient-
elles descendues? On ne les apercevait ni aux bains,
ni au bal, ni à la promenade.

Quelques lambeaux de phrases bourdonnèrent aux
oreilles des deux sœurs. Cette attention blessait
Étiennette et ravissait Paula.

Se sentir admirée, elle, la recluse des ruines!... Il
semblait, à la voir poser son petit pied sur l'asphalte,
que des ailes invisibles venaient subitement de pousser à ses épaules rondes, toutes frissonnantes de
secrète satisfaction.

Étiennette n'avait guère entendu qu'un mot dont
la valeur lui échappait.

— Elle est d'autant plus belle, avait dit l'artiste,
que le fourreau noir qui la suit est un merveilleux
repoussoir.

Qu'était-ce?... L'aumônier n'avait jamais eu l'occasion de le lui expliquer. Un repoussoir?... Elle
ne savait pas.

De loin, sans saisir rien de ces paroles dangereuses
à plusieurs titres, Aubin Vial éprouvait une sorte
d'orgueil. Il n'aimait pas les hommes, pourtant; sa
misanthropie enfantine ne s'était que bien faiblement amoindrie; mais, lorsqu'il lisait l'admiration
sur ces visages inconnus, il lui venait la pensée sin-
gulière d'aller à eux, la main tendue, pour les
remercier de leur bon goût.

Pauvre Aubin ! les êtres dévoués et bons ont de ces naïvetés primitives !

Elles passaient maintenant devant la Visitation, en plein Bourg-Dessous, rue montueuse, pavé rudimentaire : les baigneurs rétrogradèrent avec humeur.

— Elles vont au bout du monde, dans la vieille ville... et quel pavé !... moi, j'y renonce.

Ils y renoncèrent tous, au grand soulagement d'Étiennette. Paula retint un soupir, et les ailes tombèrent.

Aubin Vial vit les jeunes filles sonner à l'hôtel Saint-Èbre, et resta collé contre une porte cochère, absorbé par la lecture d'une affiche jaune, dont les proportions gigantesques devaient lui permettre une longue station.

— Je serai là pour les reconduire, pensait-il joyeusement.

Le terre-neuve, couché sur le seuil clos où vient de le laisser son maître, doit penser exactement cela.

VI

Les deux jeunes filles, dont les yeux étonnés n'avaient jamais contemplé que les débris du moyen âge assemblés sans art et sans cohésion dans le vieux château, furent tout d'abord charmées par l'aspect grandiose du logis, où les introduisit un domestique anglais d'une irréprochable tenue.

Dans la cour carrée, une vasque de marbre où des lions verdis laissaient couler, avec un clapotement mélancolique, la belle eau claire de la montagne.

Au pied de l'escalier monumental, une torchère de bronze ; dans le vestibule, des fleurs ; dans une niche, une réduction en marbre de *Notre-Dame Libératrice,* la statue vénérée, la patronne de Salins, la gardienne de la maison.

La salle à manger, que leur guide leur fit traverser, offrait cette perspective confortable et riante que les Anglais, gens pratiques avant tout, donnent volontiers à la pièce choisie pour les importantes fonctions de l'estomac.

Le salon, plus sévère, disait éloquemment, avec son

meuble de soie rouge, ses tentures sombres et ses bronzes artistiques, les habitudes de haute vie de ses habitants.

C'était riche, lourd, *respectable* en un mot, d'un goût douteux peut-être comme objets d'art, mais d'une valeur positive en guinées sonnantes.

Lady Margaret avait transplanté dans ce coin de la Franche-Comté quelque chose des *us* familiers du comté de Yorkshire.

Des albums couvraient les tables ; des keepsakes et des magazines encombraient jusqu'au piano.

Les yeux de Paula brillaient comme à la levée de rideau d'un spectacle inattendu.

A leur entrée dans le salon, un homme qui se tenait debout dans une embrasure de fenêtre, un journal à la main, se retourna lentement et parut surpris de leur apparition.

Le domestique anglais avança deux fauteuils, baragouina quelques mots et disparut.

Étiennette se demandait qui donc allait les recevoir, car elle était bien sûre de ne pas reconnaître son malade d'autrefois dans le jeune homme qui saluait.

Il était grand, très-brun ; la tête énergique et belle s'accentuait d'un regard droit, bien ouvert sous d'épais sourcils, et d'une moustache très-cavalière.

4.

Le front avait une largeur de bon augure ; la physionomie une sérénité peu commune.

Paula, sans regarder, vit toutes ces choses.

Étiennette ne vit que les yeux gris, calmes et profonds de l'inconnu, qui semblaient l'interroger.

Elle sentit qu'il fallait rompre ce silence lourd.

— Madame de Saint-Èbre nous pardonnera-t-elle de la venir troubler... à l'heure de sa promenade peut-être ? demanda-t-elle doucement.

— Ma belle-sœur est au jardin avec son fils. Elle ne peut qu'être charmée de votre bonne pensée, madame, répondit la voix grave du jeune homme.

Ainsi, c'était le beau-frère de lady Margaret, un monsieur de Saint-Èbre.

Paula fut très-contente de savoir cela. Elle n'aimait pas ne pouvoir mettre un nom sur un visage.

Étiennette fut étonnée de ce mot « madame », ne sachant pas que, dans le doute, il est une politesse.

— Si nous allions rejoindre madame de Saint-Èbre au jardin, nous lui éviterions de quitter son fils, hasarda Paula.

— Les voici tous deux, mademoiselle, je les entends.

« Mademoiselle ! » cette fois-ci, le jeune homme n'hésitait pas. Étiennette pensa tristement qu'elle n'avait point de jeunesse.

On distinguait, en effet, le rire frais d'un enfant,

puis bientôt ses petits talons sur le parquet, et, la porte poussée par une main mignonne, Edward entra.

C'était un chérubin de trois ans, blanc comme sa mère, rond comme son père, avec les cheveux noirs et drus de l'un, la bouche large et bien meublée de l'autre, un mélange appétissant du type franc-comtois et de la structure britannique, sur une échelle lilliputienne.

Lady Margaret suivait.

— A la bonne heure! les voici! dit-elle cordialement en embrassant les jeunes filles bien soulagées par son entrée.

Et comme le jeune homme faisait un mouvement discret pour se retirer :

— Vous nous restez, Maxime, fit-elle ; je tiens à vous présenter à mes nouvelles amies, mesdemoiselles de Béringe.

— Les recluses, sourit Paula.

Il sourit aussi en saluant avec bonne humeur.

— Je crois avoir deviné, dès son entrée, que cette vision ne pouvait descendre que des hauteurs de Brébion, dit-il.

Vaguement, Paula pensa que sa robe blanche lui donnait un air angélique.

Étiennette y crut saisir un brin de raillerie.

— C'est peut-être insinuer que nous appartenons

à un autre âge, dit-elle de sa voix pénétrante..., et c'est avec raison.

— A un autre âge! se récria madame de Saint-Èbre.

— Je le sens, je le vois. A Brébion, je n'y songeais guère, avoua la jeune fille. Les idées s'ouvrent avec les milieux qui changent.

— Nous avons cent ans! déclara plaisamment Paula.

C'était ouvrir la porte aux observations moitié sérieuses, moitié compatissantes de lady Margaret qui, depuis sa visite à Brébion, ne tarissait pas en famille sur ce qu'elle y avait entrevu.

Retenue par un grand respect pour la marquise, elle n'osait point trop s'ébahir devant les jeunes filles de l'existence sauvage et dénuée qui leur était faite; mais sa sympathie s'exhalait du moins en offres amicales et en protestations de dévouement.

Rien ne lui semblait plus naturel que d'essayer de les soustraire à une tyrannie inconsciente, en apportant autour d'elles le mouvement et la distraction.

— J'irai vous enlever parfois, dit la jeune femme. Je vous enverrai de la musique, des livres, des journaux de modes. Vous verrez comme une amie intelligente sait, en peu de jours, mettre de l'agrément dans votre vie cénobitique.

Paula, qui, dans ses rêves sans but, entrevoyait

souvent des perspectives inavouées, faillit sauter de joie à cette proposition plus affectueuse que prudente.

— Vous êtes si bonne! s'écria-t-elle. Vous avez compris tout de suite, tout de suite, que l'on mourait d'ennui dans les ruines.

— Paula, dit doucement la sœur aînée, il ne faut point médire de notre asile.

— Pourtant, chère petite, protesta lady Margaret, êtes-vous bien sûre que votre vieux château ne soit infiniment plus triste qu'une prison d'État?

— Ah! madame, si triste que soit Brébion, il nous abrite depuis que, tout enfants, nous avons perdu notre père et notre mère. Nous devons respecter la vie qu'on y mène, fût-elle arriérée d'un demi-siècle, parce que c'est la vie choisie par notre bienfaitrice.

Sa voix baissa tout à coup, quand elle acheva avec une dignité touchante :

— Nous devons même accepter sans plainte une étroitesse matérielle, qui paraît étrange à ceux qui ne savent pas... que la marquise est pauvre... et qu'elle partage avec nous.

Un imperceptible froncement de sourcils indiqua que la jolie Paula trouvait cette théorie déplorablement trop résignée.

Lady Margaret prit vivement la main d'Étiennette.

— Pardon, dit-elle; mon désir de vous être utile

m'a entraînée à parler avec une regrettable légèreté.
Mais, qui ne serait impressionné de vous voir si
jeunes, si charmantes, si seules...?

Elle n'osa rien ajouter. Sa pensée se lisait sur ses
lèvres.

M. Maxime de Saint-Èbre, muet pendant cet
échange de paroles émues, avait fixé ses yeux calmes
sur Étiennette, pendant qu'elle revendiquait noblement sa part dans les ridicules et les misères de
Brébion.

Un éclair y passa, car cet homme qui se connaissait en courage venait d'être frappé de celui de cette
jeune fille.

Quoique militaire — il était commandant de dragons — il appréciait peut-être autant la vaillance
qui s'affirme dans un salon que celle qui se déploie
sur un champ de bataille.

Et pour défendre le genre de vie de Brébion, il
fallait être vaillante.

Quoiqu'il ne se permit qu'un mot, qu'un geste,
Étiennette eut le sentiment d'être comprise, d'être
appréciée.

Un peu de sang colora ses joues creuses.

Elle se leva : la grande pendule d'onyx venait de
sonner cinq heures. La marquise avait dit : « A cinq
heures. »

— Déjà! fit Paula avec une naïveté si gracieuse

que lady Margaret l'embrassa une fois de plus.

C'est qu'elle était désolée de partir. On respirait si bien dans cette atmosphère d'élégance et d'esprit ! Il lui parut avoir secoué un manteau noir en entrant ; sans doute elle allait le reprendre à la porte.

M. Maxime de Saint-Èbre, remplaçant son frère absent ce jour-là, accompagna les jeunes filles jusqu'au seuil de la grande cour.

Sur le palier, on avait retrouvé Mariette qui utilisait son attente en récitant son rosaire devant la bienheureuse Notre-Dame Libératrice.

En entendant résonner derrière elle, sur l'escalier de pierre, le pas de leur cavalier, Paula sondait l'avenir d'un œil avide. Ne s'accomplirait-il jamais en sa faveur quelque miracle pour la transformer en grande dame, écoutée, servie, admirée comme elle sentait l'avoir été depuis une heure dans cette maison enchantée?

Étiennette, qui descendait la première, voyait son ombre s'allonger dans le vestibule, inégale et sans grâce ; tandis qu'en arrière se dessinait une autre ombre, masculine, élégante, que les rayons du soleil, dans leur capricieux reflet, mariaient parfois à la sienne.

Ce jeu de lumière captivait son regard. Paula mit son petit pied sur les ombres mouvantes, et tout disparut.

Au dehors, Aubin Vial attendait fidèlement.

Quand la grande porte s'ouvrit, il tourna un regard curieux vers la profondeur lumineuse d'où les « chères enfants » allaient sortir.

Elles s'avancèrent, échangeant avec M. Maxime de Saint-Èbre un dernier salut.

L'inclination profonde, le respectueux regard de l'officier, le frappèrent en plein cœur comme une conséquence des relations sociales qu'il n'avait pas prévue.

Admirer les « chères enfants » de loin, il le permettait, il s'en réjouissait. Mais si vite, si près, les effleurer du regard, les saluer avec cette déférence souriante qui semble un « à revoir » sous-entendu, Aubin n'avait point imaginé des circonstances si naturelles

De dépit, il en oublia les précautions qu'il avait employées jusque-là pour protéger les orphelines sans leur paraître importun, et se détacha brusquement de la muraille.

— Tiens! tu étais là? exclama Paula qui le vit la première.

Il voulut s'excuser :

— Oui, je... passais... je revenais...

— Aubin, demanda vivement Étiennette, qu'est ce que c'est qu'un repoussoir?

Il était trop heureux d'être accueilli de la sorte et répondit d'un ton délibéré :

— Un repoussoir?... c'est une chose laide placée près d'une belle chose pour la faire ressortir.

Sur les joues d'Étiennette la pâleur s'accentua.

— Je te remercie, Aubin, dit-elle d'une voix changée.

Mais qui donc aurait remarqué cela? Paula songeait qu'il ferait bon vivre dans les moelleuses douceurs de l'hôtel Saint-Èbre, et l'enfant trouvé grommelait entre ses dents :

— On les détacherait de Brébion... Il ne faut point qu'elles reviennent.

Le retour se fit en silence. Sur la terrasse, l'aumônier attendait... et le bréviaire n'était point fini.

— Enfin! dit-il en les apercevant; madame de Brébion s'alarme de votre absence. Il semble qu'on vous ait fait courir quelque danger.

— Pourquoi donc? s'écria Paula. Nous n'avons rencontré que des amis.

— Courons la rassurer, dit Étiennette en la précédant dans la grande salle.

Une sorte d'inquiétude inexplicable paraissait avoir saisi la vieille dame depuis le départ des jeunes filles. Elle s'agitait, parlait bas, envoyait Thibaut guetter leur arrivée, et déclarait ne plus vouloir les laisser sortir.

Leur vue ne la calma qu'imparfaitement. Elle les attira tout près d'elle, et, les regardant avec un trouble étrange :

— Que vous ont-ils dit?... Vous êtes restées bien longtemps... Charles de Saint-Èbre a fini de vous remercier, j'imagine. Et cette grande Anglaise rousse, qui aime tant le luxe et le plaisir... elle vous a demandé, sans doute, comment on vivait à Brébion... et quelles distractions vous étaient données?... et quels étaient vos projets d'avenir?... et quelles dots vous seraient acquises?... et quels maris vous seraient offerts?... Si elle vous a dit cela, c'est de la folie pure... vous n'avez pas de dots... et vous n'aurez pas de maris... Des dots? mais je suis pauvre... pauvre!... Des maris?... pour avoir le cœur brisé, l'existence flétrie, le désespoir pour compagnon!... non... d'ailleurs, je suis pauvre... pauvre... pauvre!

La volubilité de ces paroles, jointe à leur exaltation, les yeux hagards de la marquise et la crispation de ses traits, causèrent une véritable épouvante aux orphelines.

Serrées contre le vieux fauteuil où s'agitait le grand corps usé de la châtelaine, elles se demandaient avec une croissante terreur si l'âge et les chagrins n'avaient pas définitivement obscurci cette intelligence.

L'aumônier, les yeux baissés et les mains jointes, priait silencieusement.

Dans la salle basse, la voix de la marquise s'éleva
de nouveau, saccadée, mordante, tout à coup pleine
de sanglots.

— Ils ne vous diront pas — ils ne le savent pas
non plus — que j'étais belle, jeune, heureuse!... il y
a longtemps... cinquante ans peut-être... y a-t-il
déjà cinquante ans qu'on a fait de mon cœur une
pierre?... C'était à Paris... une ville où l'on rit sans
cesse... où l'on rit de toutes choses... Il y avait vraiment lieu de rire : une pauvre petite provinciale,
bien riche, bien naïve, aimant bien celui qu'on lui
avait fait épouser à vingt ans!... Il la ruinait... il la
raillait... il la maltraitait... il se faisait tuer en duel
et la laissait dans les larmes et les dettes... Paris...
Paris riait toujours!... Y a-t-il vraiment cinquante
ans que je pleure?...

— Mère!... mère!... laissez ces douloureux souvenirs! suppliait Étiennette.

La marquise regardait dans le vide qui, sans doute,
se peuplait pour elle de terrifiantes visions.

— C'est horrible, d'abord, la misère! reprit-elle
en repoussant distraitement la jeune fille. Cela glace
et blêmit!... je n'étais pas si pâle, autrefois... Et puis
on s'y fait. La misère, la solitude, l'oubli, c'est la
paix!... Depuis que je suis sur mes rochers, le monde
ne m'a plus causé de douleurs... Depuis que je suis
pauvre, nulle compassion humaine n'est venue hurler

autour de moi; je ne compte plus... c'est le repos suprême !... La pauvreté me l'a donné... je suis heureuse d'être pauvre !

Elle laissa retomber sa tête, dont les rares boucles grises se collaient au front moite. Sa main brûlait.

— Elle est malade ! murmura Paula.

L'aumônier la contemplait sans mot dire. Dans le long séjour qu'il avait fait à Brébion, il avait assisté plusieurs fois déjà à ces crises où les souvenirs, la monomanie, les années s'unissaient pour bouleverser sans pitié les nerfs de l'infortunée marquise.

Le moindre ébranlement suffisait pour déterminer ces crises que les assistants subissaient avec une compassion pieuse.

D'ordinaire, elles se terminaient par le sommeil, et, le lendemain, rien ne demeurait de ces vapeurs maladives, chez la marquise rassérénée.

Il n'en fut point de même ce soir-là. La surexcitation, longue à s'apaiser, laissa derrière elle un affaiblissement inquiétant.

L'âme seule souffrait jusque-là; le corps épuisé s'affaissa tout à coup comme une plante trop longtemps privée de lumière.

VII

Le docteur Barbet ne dissimula point à l'aumônier que le plus grand mal, le mal sans remède de la marquise était de porter soixante-dix-sept hivers dans une enveloppe usée par les peines et les privations.

— Des idées riantes, l'éloignement de tout souvenir attristant, une nourriture substantielle, des vins fortifiants, voilà toute mon ordonnance, conclut-il en prenant congé.

Les jeunes filles, l'aumônier, Aubin Vial et Mariette se regardèrent avec stupeur.

La seconde moitié de cette ordonnance, que le docteur Barbet jugeait si simple, n'était rien moins qu'une impossibilité.

Une nourriture substantielle!... des vins fortifiants!... comment faire?

Mariette, avec une netteté désespérante, déclara que ces objets de luxe ne se procuraient qu'avec de l'argent... et même beaucoup d'argent.

Nul n'en avait, et tous savaient trop qu'à Brébion l'argent était chose à peu près inconnue.

— Il faut en faire, coûte que coûte! s'écria l'enfant trouvé.

Il grimpa jusqu'à sa cellule, y prit les cent premiers feuillets de l'*Étude sur la Franche-Comté*, et s'abattit ensuite sur Salins comme un ouragan.

Il n'avait pas la présomption colossale de décider un libraire de petite ville, forcément borné dans ses relations littéraires et commerciales, à lui acheter ces pages historiques écrites avec tant d'amour.

Mais il espérait qu'à la recommandation du libraire qu'il venait solliciter, quelque éditeur de Besançon, de Paris peut-être, consentirait à solder son manuscrit.

Aubin Vial connaissait bien peu la vie littéraire. Inconnu, on y étouffe; connu, on y règne. Seulement, pour la plupart des débutants, se faire connaître est un labeur supérieur aux travaux d'Hercule.

Quelques-uns sont devinés ou appréciés très-vite : c'est qu'ils ont à la fois du talent et du bonheur.

Mais ceux-là peuvent mettre leur œuvre sous un chaud rayon du soleil populaire, dans la ville de toutes les gloires naissantes ou consommées. Ceux-là ne datent pas leurs écrits d'une montagne du Jura, si pittoresque qu'elle soit. Ceux-là, enfin, n'ont pas besoin de leur travail pour vivre.

Illogisme, soit. Cela est ainsi : la nécessité semble impliquer la non-réussite.

Aubin l'apprit, non sans étonnement, de la bouche du libraire. C'était un homme intelligent et bon qui appréciait l'ardeur du jeune écrivain et peut-être en soupçonnait le but.

Avec une affectueuse rondeur, il entreprit de lui démontrer l'inanité de ses espérances. Publier une *Étude* sérieuse, d'un intérêt local, c'était hardi à une époque où la librairie, plus que toute autre branche commerciale, était tombée dans un marasme profond.

A Paris, on ne prendrait même pas la peine de feuilleter le manuscrit. A Besançon, on ne risquerait probablement pas les frais d'une édition pour un succès plus que douteux.

— Pourtant, mon cher ami, je vais écrire.

Aubin remonta le cœur serré dans sa cellule.

Trois jours après, il avait la réponse de Besançon. L'éditeur le plus en vue de la Franche-Comté croyait être bien généreux en offrant ses presses, ses compositeurs, ses brocheuses, ses affiches et sa publicité à l'ouvrage nouveau d'un auteur inconnu, auquel il ne demanderait que le prix consciencieux des frais d'impression.

— La belle générosité! s'écria le libraire. Je puis bien la faire aussi, moi, et de grand cœur... Ah! si vous pouviez supporter les frais d'une édition!

Aubin reprit le manuscrit d'un air navré, et sortit tristement.

Un homme encore jeune, qui s'était discrètement reculé au fond du magasin pendant la communication du libraire, suivit le pauvre garçon des yeux avec intérêt.

— Qui est-ce? demanda-t-il brièvement.

— Qui c'est, monsieur Demomprin?... c'est un travailleur courageux, pas riche du tout, honnête, sans famille. Je donnerais vraiment quelque chose pour pouvoir l'obliger... mais le commerce va si mal!

— Est-ce bon, ce qu'il écrit?

— Excellent. Très-ferme, pas banal, nourri de faits.

— Cela me parait se rapporter au pays?

— C'est une histoire de la Franche-Comté, depuis les origines jusqu'à la guerre de 1870. Les trois quarts sont terminés.

— Cela s'appuie sur des documents?

— Irréfutables.

— Puisés...?

— A des sources inédites. La bibliothèque de Brébion était riche en parchemins.

— Ah! serait-ce le petit secrétaire de la marquise de Brébion? une dame folle ou à peu près, je crois.

— Folle? je ne sais pas au juste. Fort originale, au moins. Oui, c'est un enfant recueilli par elle.

Celui que le libraire avait appelé « monsieur Demomprin » parut avoir satisfait suffisamment sa curiosité, paya le volume qu'il venait de choisir, et sortit à son tour.

Aubin marchait devant lui, la tête inclinée, les bras ballants, comme un homme découragé. Le manuscrit gonflait la poche de son modeste paletot de toile.

M. Demomprin regardait machinalement ce manuscrit.

— Cela pourrait m'être utile pour ma candidature, murmurait-il en marchant à petits pas; une *Étude sur la Franche-Comté!*... cela pose. D'ailleurs, j'ai toujours eu du goût pour la littérature... je suis abonné à la *Revue des Deux Mondes* et à l'*Union,* aux *Débats* et à l'*Univers,* ce qui prouve bien la largeur de mes idées... la tolérance de mes opinions. Cela me rallie des électeurs dans divers partis. Faire un livre achèverait ma réputation, et, qui sait?... enlèverait peut-être mon siége à l'Assemblée.

Aubin allait atteindre l'extrémité du Bourg-Dessus quand il aperçut, à son extrême surprise, l'aumônier qui se glissait hors d'une boutique d'horlogerie et bijouterie, la plus belle du quartier.

Les descentes du vieux prêtre à la ville étaient devenues si rares, qu'il fallait un événement pour l'y déterminer.

Aubin fut effrayé de cette circonstance comme d'un mauvais présage.

5.

— Madame la marquise serait-elle plus malade? s'écria-t-il en abordant le vieillard.

Celui-ci tressaillit d'abord, puis sourit en le reconnaissant.

— Ah! c'est toi, mon enfant... tu m'as fait peur...

— Mais c'est vous, monsieur l'abbé, qui m'étonnez outre mesure. Comment avez-vous pu, sans trop de fatigues...

— Je suis très-fatigué. Seulement, je voulais venir... il le fallait.

— Il y a donc quelque chose de grave?

L'abbé Joumel rougit comme un coupable.

— Vois-tu, dit-il avec embarras, la marquise s'affaiblit beaucoup. Il est grand temps d'obéir aux prescriptions du docteur Barbet.

— Hélas! soupira le jeune homme.

— Je me suis examiné devant Dieu... J'ai compris que mon attachement à certains souvenirs de famille devait céder devant la nécessité. C'est même beaucoup d'imperfection que d'avoir hésité trois jours.

— Vous avez...?

— Aubin, mon enfant, je viens de vendre ma tabatière d'or.

Le vieillard fit un grand soupir. Aubin sentit une larme lui monter du cœur.

La tabatière d'or de l'abbé Joumel, c'était une relique fraternelle, sacrée, le souvenir suprême d'un frère aîné, missionnaire apostolique, qui s'en était séparé lui-même avec quelque regret en quittant la France, bien des années auparavant, pour aller cueillir en Chine la palme du martyre, obscur devant les hommes, précieux devant le Seigneur.

Si dénué que fût l'aumônier, il avait fidèlement gardé la tabatière d'or.

La marquise le raillait parfois de son attachement aux biens de la terre, en prenant, du bout de ses doigts aristocratiques, une prise dans la chère relique.

Ceux qui savent combien les vieillards tiennent intimement, profondément, aux objets contemporains de leur existence passée, comprendront, sans doute, quel touchant sacrifice le pauvre aumônier venait d'accomplir.

Aubin lui serra les mains avec un respect attendri.

— Tu remontes?

— Tout de suite. Vous prendrez mon bras.

— Non, je veux mettre à profit ma présence à Salins pour visiter M. le curé de Saint-Maurice. Veille plutôt aux provisions de notre malade, et porte-les-lui au plus vite.

L'aumônier lui glissa dans la main deux pièces d'or et s'éloigna d'un pas pesant dans la direction de la vieille ville.

Le jeune homme regarda les pièces qui lui parurent lourdes et brûlantes.

Il était humilié de ne pouvoir rien, lui, malgré ses efforts, tandis qu'un vieillard avait pu sacrifier quelque chose à sa bienfaitrice.

Mais il n'avait rien à sacrifier, il tenait tout d'elle, et ce « tout » se bornait à si peu!...

— Monsieur, dit une voix polie à son oreille, permettez-moi de vous demander un renseignement.

Aubin se retourna tout à point pour mettre ses yeux tristes droit dans les yeux verdâtres de M. Demomprin.

Il se souvint d'avoir aperçu cette silhouette prétentieuse dans le magasin du libraire, et salua.

— Je suis à vos ordres, monsieur.

— C'est un fait tout personnel... oh! tout personnel...

— Pourrais-je le connaître?

— Y a-t-il longtemps que vous travaillez à votre *Étude sur la Franche-Comté?*

— Vous me faisiez l'honneur de me dire, monsieur, que c'était un fait personnel...

— Sans doute. Vous ne pouvez imaginer le tort que vous me faites... par cette publication.

Aubin sourit amèrement.

— Je vous ferai observer, monsieur, que cette publication n'est encore qu'à l'état de manuscrit.

— Cela peut suffire pour détruire mes plans... anéantir mon propre travail.

— Vous aussi, monsieur, vous avez écrit une *Étude sur...*

Les yeux verdâtres se détournèrent légèrement.

— Oui, j'ai écrit... j'écrivais hier encore, mais aujourd'hui, en apprenant que vous allez lancer une œuvre semblable... vous sentez, monsieur... que la plume va se briser sous mes doigts.

Aubin fit un geste de condoléance.

— Je suis si déplorablement frappé par cette coïncidence que je viens... vous offrir de .. vous céder tout ce que j'ai fait. La gloire d'écrire une histoire vraie de son pays ne doit pas se partager.

— Je vous remercie, monsieur, répondit Aubin sans enthousiasme. Enrichi de vos notes et même de tout votre travail, le mien n'en deviendrait pas d'un placement plus facile.

— Cherchez un éditeur.

— L'époque n'est pas favorable.

— Faites éditer à vos frais.

— J'ai des raisons graves pour ne le pas faire.

Les yeux verdâtres s'illuminèrent brusquement.

— Alors, cédez-moi votre œuvre.

— Vous céder?

— En d'autres termes, je vous demande de me vendre... *vendre...* la propriété de votre *Étude sur la Franche-Comté.*

Et le candidat appuyait sur ce mot tentateur de la façon la plus attrayante.

— Mon *Étude!* Mais, monsieur, c'est le but de bien des nuits de travail... c'est mon rêve... je n'ose pas dire que ce pourrait être ma gloire.

— C'est possible. Je le comprends. En attendant, c'est dans vos mains un manuscrit improductif, une œuvre mort-née.

C'était cruellement vrai. Aubin en eut le frisson.

M. Demomprin, avec une savante douceur, s'excusa d'avoir peiné un « confrère » en lui proposant une chose toute simple, journalière, dont les grands écrivains, à leur début, avaient donné l'exemple.

— Vous paraissez un peu gêné maintenant, conclut-il; quoi de surprenant, après la guerre?... Je suis, au contraire, assez heureux pour avoir conservé quelques épargnes. Nous pouvons nous aider. Écrivez, je signerai. Plus tard, quand votre nom sera fait, et il se fera!... vous pourrez avouer en riant vos subterfuges de jeunesse. Voyez Alexandre Dumas et Auguste Maquet.

Il aurait pu continuer longtemps. Aubin, troublé, pressé par la fièvre du dévouement, serrait d'une main convulsive le pauvre manuscrit tant rêvé, tant aimé!

Brusquement, il l'arracha de sa poche, le jeta dans les mains de l'inconnu, et d'une voix étouffée :

— Le voici. Il faut m'en donner beaucoup d'argent.

Les yeux verdâtres s'abaissèrent prudemment : ils brillaient à détrôner le gaz.

— Oui, beaucoup, répondit M. Demomprin en ouvrant son portefeuille.

Un instant peut-être, le candidat à la députation se demanda s'il ne fallait pas payer décemment le pauvre diable, auquel il allait devoir sa réputation d'écrivain.

Et même cette réputation, dût-elle être fort médiocre, il y tenait.

Mais il réfléchit bientôt que son heureuse étoile l'avait placé en face d'un ignorant ou d'un naïf, au point de vue de la valeur des choses littéraires, et qu'il serait vraiment bien bon de n'en pas profiter.

Dans le portefeuille, il cueillit un billet de cent francs, le laissa voir au jeune homme, le replia et le tendit d'un geste digne en demandant :

— Quand aurai-je la fin ?

Le jeune homme, dans l'étude d'avoué où il avait passé jadis quelques années, avait vu beaucoup de ces agréables chiffons bleus glisser devant ses yeux, sans jamais s'arrêter dans ses mains.

Depuis lors, il avait presque oublié leur existence. Cette vue le réjouit involontairement : elle lui annonçait que, lui aussi, pouvait quelque chose pour Brébion, à l'heure même où il en désespérait.

Sans vouloir réfléchir au côté désastreux de ce marché, il prit les cent francs d'un geste avide et répondit vivement :

— Je puis terminer l'*Étude* en une semaine. Où faut-il vous la porter?

— A l'hôtel des Bains. Vous demanderez M. de Momprin, candidat à la députation pour le département du Jura.

Ce nom, ainsi détaillé, prenait une valeur énorme sur les lèvres du candidat.

Aubin, élevé dans le respect de l'aristocratie, fut non pas séduit, mais subjugué.

Il salua en guise de promesse.

— Au revoir, mon ami, reprit M. Demomprin avec une bienveillance déjà protectrice.

Comme s'il eût eu grande hâte d'emporter son acquisition, il tourna sur les talons et s'éloigna d'un pas pressé.

Aubin resta quelques secondes pétrifié sur le trottoir, regardant s'éloigner son œuvre chérie aux mains d'un inconnu.

— Qu'ai-je fait? balbutia-t-il. Avoir tant veillé, tant cherché, tant écrit, tant souffert de ne pouvoir traduire en bonne prose, comme je le sentais, les impressions et les aperçus qui naissaient de mes recherches... et tout cela parti... emporté... disparu !...

Il faillit s'élancer. C'était impossible !... Il n'avait pas, follement, par un coup de tête, livré le meilleur de son intelligence !...

Quelque chose de lourd et de brûlant lui fit regarder machinalement sa main fermée.

C'étaient encore les pièces d'or de l'aumônier.

Telle était la grandeur de cette nature que l'aspect du petit trésor le fit rougir.

— Il a sacrifié bien plus, le bon abbé, un vieillard !... Je devrais avoir honte de mes regrets.

Il en avait honte en effet. Vaillamment, il renfonça le soupir suprême, s'orienta et courut droit comme une flèche au premier magasin de comestibles qu'il aperçut.

La marquise attendait !... et il avait pu hésiter !...

A Salins, on s'en souvient encore. Le marchand stupéfait a souvent raconté depuis l'entrée de ce grand garçon pâle, affairé, qui désignait du doigt, sans compter, les plus savoureuses provisions des rayons et de la montre.

Et, sur son ordre impatient, les commis entassaient dans des corbeilles un pâté savoureux, une volaille froide, un poisson superbe couché sur un lit de fenouil odorant, le bordeaux le plus vieux, le vin d'Espagne le plus réconfortant, le café le plus parfumé, l'élixir de longue vie dont les gouttes d'or étincelaient avec le plus d'éclat dans le cristal du flacon.

Quoi ! n'y avait-il que cela de nutritif, d'exquis, de capable de soutenir un tempérament usé?... Il cherchait encore,... toujours... et les extraits de viande, et les essences de gibier, et les conserves rares allaient à leur tour s'engloutir dans les cor-beilles.

Toutes ces choses succulentes, qu'il ne connaissait que de nom, allumaient dans ses yeux des lueurs de convoitise.

On eût bien étonné le marchand en lui apprenant que ce client empressé ne songeait même pas à goûter ses coûteuses emplettes.

Quand il solda la note allongée qu'on lui présenta, Aubin eut le courage de sourire. Il lui resta bien peu, bien peu, des bienheureux cent francs.

Ce peu — quelques centimes — il les mit dans la casquette d'un aveugle, s'offrant ainsi le luxe d'une aumône, luxe que, dans son étrange pénurie, il n'avait jamais pu se donner.

Le billet bleu envolé, les corbeilles marchant déjà dans la direction des ruines, Aubin ressentit un sou-lagement bizarre : les pièces d'or de l'abbé Joumel ne pesaient plus une once dans sa main.

Son premier soin en arrivant au château fut de courir à la chambre du vieux prêtre et de déposer sur son livre favori cette part du petit trésor.

Mariette et Thibaut jetaient des cris de paon dans la cuisine en aidant le garçon à débarrasser les mannes pleines.

Jamais telle abondance n'avait pénétré, même en rêve, dans le réduit austère où le cordon bleu de Brébion élaborait les sommaires repas de la famille.

C'était à croire qu'un miracle venait de s'opérer, et que Notre-Dame Libératrice, touchée de la misère du château, reprenait la suite de la *Multiplication des pains* avec un luxe inconnu dans les temps évangéliques.

Paula, qui depuis quelques jours s'enfermait volontiers dans sa chambrette pour y rêver à l'aise, descendit attirée par tant d'exclamations.

Son imagination, prompte à tout reporter à l'objet de ses préoccupations, lui désigna lady Margaret comme l'auteur du miracle.

— Je savais bien qu'elle serait une incomparable amie! s'écria-t-elle en battant des mains.

Étiennette n'avait pas une foi si vivace. Ses doux yeux inquiets interrogeaient Aubin, dont le visage effaré, renversé, la surprenait grandement.

— Qu'est-ce? demanda-t-elle. Les mines de Golconde ont donc laissé tomber leurs richesses sur Brébion?

Aubin eût bien désiré ne pas avouer. Mais il sentait

le regard interrogateur d'Étiennette peser sur lui,
un regard auquel on ne résistait pas.

— Chut! dit-il en essayant de rire pour dissimuler
son trouble. Si vous accueillez ces friandises par le
doute et les questions indiscrètes, elles vont se scan-
daliser et s'enfuir à tire d'aile.

— La poularde elle-même n'en a plus, répondit
Paula gaiement.

— Qu'importe? c'est un don de fée... et les fées
sont capricieuses.

— Aubin, dit Étiennette devenue très-grave, c'est
l'ordonnance du docteur, cela. De quelle part qu'elle
vienne, la marquise en a si grand besoin que nous
n'avons pas le droit d'hésiter à l'accepter.

— Oh! n'hésitez pas... n'hésitez pas... c'est à nous,
d'ailleurs, bien à nous.

Étiennette se pencha vers lui :

— Tu as travaillé pour le libraire?

— Oui, fit-il bien bas en rougissant de son mensonge.

La physionomie de mademoiselle de Béringe s'é-
clairait. Il lui était doux de devoir au travail de son
compagnon d'enfance un peu de confort pour la
marquise.

— Vite, employons nos richesses, conclut-elle en
courant au buffet.

Ce qu'Aubin dans son empressement naïf n'avait

point su faire, Étiennette le fit d'instinct. Un sage triage des provisions, un choix heureux de celles qui pouvaient supporter l'attente et de celles qui devaient être employées les premières, divisèrent les richesses en plusieurs parts très-distinctes qui devaient assurer, pour plusieurs jours, l'exécution des ordonnances hygiéniques du docteur.

Les faire accepter à la marquise ne fut point facile. Mécontente d'une attention ruineuse dont elle n'avait point donné l'ordre, froissée dans son amour-propre par un sacrifice qu'elle entrevoyait sans pouvoir le préciser, il fallut toutes les prières d'Étiennette, toute l'autorité de l'abbé Joumel pour la décider à porter à ses lèvres les trésors gastronomiques si chèrement achetés.

Toutefois, comme, à cet âge où reparait l'enfance, la nature impose durement ses droits, la marquise ferma les yeux sur leur provenance et se laissa très-complaisamment aller à en savourer la douceur.

L'âme semblait absente, l'intelligence endormie, le « moi » brutal eut son heure de satisfaction.

— Elle est inconsciente! se disait le prêtre avec mansuétude.

— Elle est heureuse! répétaient joyeusement les jeunes filles.

— Elle s'en va! grommelait le docteur Barbet.

L'abbé Joumel, qui avait stoïquement accompli le

sacrifice de la tabatière d'or, éprouva une contrariété majeure en retrouvant les deux pièces intactes dans son cabinet de travail.

— Bon! dit-il avec humeur; que vais-je en faire maintenant? C'est ce cerveau brûlé d'Aubin qui m'aura joué le tour pendable d'annihiler mon pauvre petit mérite!... avec cela que je ne m'étais pas décidé trop vite... que j'avais marchandé à Dieu cette séparation, sans l'ombre de générosité!... et, quand c'était terminé, voilà qu'il gâte tout avec sa belle idée de me rendre l'argent... sans compter que je ne puis imaginer où il en a pris lui-même, lui qui n'avait pas de tabatière.

Sur ce point, Aubin eut le talent de laisser flotter une certaine incertitude qui satisfaisait à la fois sa franchise et sa modestie.

L'abbé, qui avait conseillé et revu la fameuse *Étude sur la Franche-Comté,* n'aurait pas accueilli sans explosion l'annonce de ce troc, touchant dans son but et déplorable dans ses conséquences.

VIII

Lady Margaret, décidée fermement à tenir parole à ses nouvelles amies, ne craignit point de remonter à Brébion, malgré le froid accueil de la châtelaine.

Il ne déplaisait pas à son orgueil de s'imposer un peu ; sa vanité féminine ne désespérait pas non plus de faire la difficile conquête d'une vieille femme momifiée dans un égoïsme qui confinait la monomanie, et peut-être plus encore.

Elle opéra sa seconde ascension sous l'égide de son beau-frère, qui ne mit aucune complaisance à l'accompagner, car il lui déclara franchement prendre un plaisir très-vif à cette promenade.

— J'en suis ravie, mon cher Maxime, dit l'aimable étrangère en reprenant haleine au milieu des rochers ; vous êtes d'un caractère merveilleux, tout vous plaît, tout vous amuse, — quoique vous soyez d'un sérieux tout à fait distingué, — même une excursion dans les ruines, même une visite à mes chères petites sauvages.

M. Maxime de Saint-Èbre approuva cette appella-
tion fantaisiste par un sourire épanoui.

— Vos petites sauvages sont fort agréables à voir,
avec la naïveté pleine de grâce de l'une et le bon
sens primitif de l'autre.

— A la bonne heure!... au moins êtes-vous indulgent pour ma douce Étiennette.

— Indulgent?

— Vous ne dites point crûment qu'elle est laide.

— Est-elle laide?

— Voyons... ne l'avez-vous pas vue comme moi?

— Je ne sais pas... en vérité. Je crois que je l'écou-
tais parler seulement. Elle a une voix très-sympa-
thique.

— Elle paraît être tout cœur, cette enfant-là. Vous
savez l'histoire de Brébion?

— Pas complétement.

— C'est un petit roman du genre vertueux.

— Moqueuse!

— Mais non, je vous assure. Charles m'a raconté
tout au long cette histoire qu'on répète dans le pays.

— Voyons l'histoire.

— Figurez-vous que la marquise de Brébion a
perdu la tête ou à peu près, à la suite de chagrins
de ménage, et vit dans ce nid de pierre... vous voyez...
là-haut... comme c'est attrayant!... voilà cinquante
peut-être. Elle s'est donné laàns joie d'élever deux

fillettes, plus une façon de secrétaire, qui est un enfant trouvé de bonne éducation, qu'une fièvre typhoïde avait rendu tout hébété, et que les bons soins de mes petites sauvages ont rendu à l'intelligence. Un aumônier a consenti à murer sa vie sur ces hauteurs pour élever les jeunes filles, procurer les consolations religieuses à la marquise et moraliser les paysans des environs. Enfin, deux domestiques, d'une race comme il n'en existe plus, servent de camériste, de cuisinière, de valet de chambre, de jardinier et de concierge, sous les noms de Mariette et de Thibaut. Tout ce petit monde s'aime, s'entend, s'entr'aide et vit de rien. C'est là une merveille persistante. Pas un sou vaillant, pas d'avenir, la misère portée avec un beau nom et un dévouement inépuisable... voilà le spectacle qu'offre Brébion à l'observateur. N'avais-je pas raison, Maxime, de vous dire que c'était là un roman du genre vertueux?

M. Maxime de Saint-Èbre avait écouté ce bref récit avec un intérêt évident. Sa nature concentrée le prédisposait mal à l'expansion subite. Pourtant, il ne put retenir une exclamation violente :

— Cette femme est folle, n'est-ce pas?

— On ne sait au juste. Beaucoup la disent seulement égoïste et dépourvue de tout, par suite des prodigalités du défunt marquis.

— On ne l'a jamais 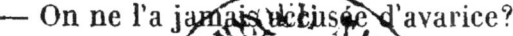accusée d'avarice?

6

— Vraiment, ce serait mal connaître les hommes
en général et les Salinois en particulier, que de supposer qu'ils n'aient pas tout d'abord porté cette accusation contre la recluse des ruines.

— Eh bien?

— Eh bien! les langues les plus âpres à la médi-
sance ont dû reconnaître que rien n'autorisait ce
jugement. On ne connaît plus ni terres, ni revenus
à madame de Brébion

M. de Saint-Èbre était devenu songeur. Une question semblait encore brûler ses lèvres; toutefois, il
la contint et reprit sa marche dans le sillon que la
robe de lady Margaret traçait au milieu des ronces.

Leur arrivée ne produisit pas l'émotion d'une
première visite. D'ailleurs, la marquise endormie ne
pouvant les recevoir, ce fut sur la terrasse, dominant
la ville, qu'Étiennette et Paula les firent asseoir.

L'abbé Joumel vint les rejoindre et fut tout charmé
de retrouver dans le grave commandant de dragons
certain petit diable, fort remuant et fort indocile,
dont il avait autrefois commencé l'instruction religieuse au lycée de Besançon.

La transformation ne pouvait être plus complète,
car le cadet des Saint-Èbre possédait aujourd'hui
l'apparence grave et les qualités essentielles qui font
les hommes de mérite.

Il était observateur et contenu, instruit et modeste,

indulgent aux autres, sévère à ses propres penchants.

Sans pouvoir apprécier à première vue des avantages moraux dont quelques-uns se faisaient facilement deviner, l'abbé Joumel ne put se défendre de s'écrier joyeusement :

— Un élève qui me fait honneur !

Et le prêtre et l'officier échangèrent une éloquente poignée de main.

Allégée de la présence hautaine de la marquise et réjouie par la reconnaissance inattendue du maître et de l'élève, cette visite eut un charme tout particulier pour les recluses de Brébion.

Leur étrange isolement les avait prédisposées à une sorte de reconnaissance instinctive pour tout ce qui en rompait la monotonie.

Et quand cette diversion prenait la forme aimable d'une femme souriante ou l'enveloppe sympathique d'un officier distingué, on peut aisément entrevoir le plaisir attendri dont les deux sœurs ne surent pas se défendre.

En vérité, le bon abbé ne s'en défendit pas davantage : il rayonnait dans cette atmosphère intelligente et tout affectueuse.

Oh ! la belle soirée sur la terrasse !... Comme le soleil couchant avait de caressants rayons !... Comme il mettait de coquetterie à piquer d'une étincelle d'or le sommet des monuments, des toits espagnols et des églises de la ville étendue, tout là-bas, comme un ruban vivant entre la montagne et la *Furieuse!*

La *Furieuse!*... un torrent qui voudrait être une rivière, et qui, grossi parfois par les neiges jusqu'à paraître effrayant, devient, en été, d'une aridité qui rendrait jaloux le Mançanarès.

Puis au delà, un horizon montagneux, le Jura français, frère jumeau du pittoresque Jura suisse, qui étage ses cimes nuageuses, jalouses de leurs voisines le Righi et la Yung-Frau; rochers, cascades, forêts de sapins, pentes vertes que le crépuscule faisait miroiter aux flancs des monts comme un collier d'émeraudes sur d'onduleuses épaules.

Il semblait à Étiennette contempler pour la première fois ce magnifique spectacle.

Autour d'elle, on causait toujours.

— Votre congé approche-t-il de sa fin? demandait l'aumônier.

— Beaucoup trop vite, répondit l'officier de dragons.

— Ah! voilà qui est à enregistrer! s'écria gaiement lady Margaret.

— Pourquoi donc, madame? interrogea Paula.

— Parce que monsieur mon beau-frère, en vrai Français inconstant qu'il est, après avoir trouvé pleines et trop courtes les premières journées de son

séjour ici, commençait à en déplorer l'emploi fasti-
dieux, éternellement le même.

— C'est sans doute, dit vivement Maxime, que
l'absence de mon frère, trop faible pour m'accompagner dans mes promenades, me les faisait trouver
sans intérêt.

— Et puis, intervint l'abbé, peut-être connaissez-
vous trop à fond, pour les avoir visitées souvent, nos
merveilles salinoises, le *Lison,* la *Grotte des Sarrazins,*
Gouailles, le *Mont Poupet.*

— Que de belles choses que nous ne connaissons
pas! exclama Paula.

— Je vous y conduirai, pauvrette, fit la jeune
Anglaise avec commisération,.. et dès demain, si
vous voulez.

Étiennette tourna lentement sa tête songeuse.

— Notre devoir est ici, madame, dit-elle doucement; merci; mais, pour nous, le temps n'est pas
aux promenades.

— Tu as trop raison! soupira Paula.

Lady Margaret prit amicalement la main longue
et pâle de mademoiselle de Béringe.

— Vous êtes la sagesse! fit-elle avec un bon sourire.

Puis se tournant vers Paula qui, toute câline,
avançait sa jolie tête comme pour quêter une caresse:

— Et vous, la séduction, acheva-t-elle.

Peut-être lady Margaret ne se rendait-elle pas

compte de ce que sa comparaison spontanée renfermait de pénible pour Étiennette.

Maxime le sentit et voulut le réparer en disant à Étiennette de sa voix profonde, où passait un souffle ému :

— Vous êtes surtout le dévouement, mademoiselle.

La pauvre fille leva vers lui ses grands yeux surpris, où le commandant put lire sans fatuité la plus expressive gratitude.

Elle était si peu gâtée que ce mot lui parut avoir une douceur sans pareille.

Aubin, qui se tenait assis sur une pierre renversée à l'extrémité de la terrasse, dans la pose timide et gauche d'un homme qui ne sait trop où se trouve sa véritable place, entendit le mot, vit le regard, et se leva plein de dépit.

« Comme la marquise avait raison d'aimer médiocrement les étrangers ! »

Cette pensée, si fausse qu'elle fût, plaisait fort en ce moment à son esprit boudeur.

Cependant, celui qui venait de la faire naître devait la calmer bientôt par son départ. N'avait-on pas dit, dans cette visite importune, que le congé du commandant touchait à sa fin ?

Rassuré, sans savoir au juste quel danger l'avait effrayé, Aubin se rassit en fixant des yeux sombres sur le dôme de Notre-Dame Libératrice, dont la flèche perçait le brouillard naissant.

Et de son cœur subitement troublé monta une prière vers la Libératrice divine qu'il avait appris à implorer. « Délivrez-nous !... Délivrez-nous ! » murmurèrent ses lèvres, sans se rendre compte qu'une lueur éternelle éclaire les causes et sonde les motifs.

Au moment où lady Margaret prenait congé, on vit émerger du sentier escarpé la figure ronde, suante et fatiguée d'un nouveau visiteur.

A en juger par le souffle haletant qui s'échappait avec bruit de sa large poitrine, il ne devait trouver l'ascension du château ni commode ni salutaire.

Il était accompagné d'un jeune homme efflanqué, lequel, tout en n'ayant pas les mêmes raisons pour s'épuiser en efforts pénibles, ne paraissait pas beaucoup plus charmé.

Le monsieur gras, dont le crâne jaune et ruisselant inspirait une commisération comique, fit un grand « ouf ! » en prenant pied sur le terrain plat.

Le monsieur maigre rajusta d'un air maussade sa cravate blanche et sa moustache rousse, dont les quatre pointes se touchaient.

Quoique l'un fût très-rond et l'autre tout en longueur, ils avaient un air de famille.

Seulement, les lunettes du père n'étaient encore chez le fils qu'à l'état de pince-nez.

Mais sous les verres brillait le même regard gris, terne et prudent.

— Madame la marquise de Brébion est-elle visible pour son conseil ordinaire? sourit agréablement le gros monsieur en s'épongeant le front avec conscience.

Il avait, d'ailleurs, fait un salut circulaire qui ne manquait pas de dignité.

— Madame la marquise est fort souffrante depuis quelques jours, monsieur, répondit poliment l'aumônier, qui ne savait quel nom inscrire sur ce visage jovial.

— Hélas! monsieur l'abbé... les notaires sont habitués à voir leurs clients dans toutes les situations possibles.

Ce mot « notaire » ouvrit les yeux à l'abbé Joumel.

— M⁰ Trabois, de Besançon?... interrogea-t-il.

Le notaire salua, et le jeune homme maigre crut devoir saluer aussi en sa qualité d'héritier présomptif.

Étiennette offrit d'aller s'informer de l'état actuel de la marquise, que Mariette veillait, tandis que Paula se chargeait de reconduire madame de Saint-Èbre et le commandant de dragons.

Celui-ci, quand il passa devant le notaire, lui tendit cordialement la main :

— Je ne m'attendais pas au plaisir de vous rencontrer..

— Si haut, n'est-ce pas ? acheva Me Trabois ; oh !
cela n'est pas dans mes habitudes. Sur la terre, oui.
Entre ciel et terre, comme ici,... rarement.

— Ces militaires connaissent tout le monde ! se
récria lady Margaret.

— Mais ces notaires connaissent surtout leurs
clients ! riposta Me Trabois en serrant dans ses me-
nottes courtes et blanches la longue main aristocratique de Maxime.

— Un bien mince client ! sourit l'officier ; il en
faudrait beaucoup, beaucoup, comme moi pour empêcher une étude de périr d'inanition.

— Les petits ruisseaux..., commença M. Trabois
fils qui n'avait encore rien dit.

Sa voix aigrelette rappelait assez un lointain appel
de cornemuse dans la montagne.

— Madame la marquise sera très-heureuse de recevoir Me Trabois, vint dire Étiennette.

Ce fut le signal des adieux ; la première moitié des
visiteurs redescendit vers la ville, tandis que la
seconde entrait au château.

Paula fit quelques pas dans le sentier de chèvre
qui servait de grande route à Brébion, et resta debout contre un rocher, suivant du regard ceux qui
s'éloignaient.

Elle se faisait un jeu charmant de les perdre au
détour d'un buisson, de les retrouver entre deux

roches, de les voir s'amincir..., s'amoindrir..., passer à l'état d'ombres sous les flottantes vapeurs de la nuit tombante.

Une voix la tira de sa rêverie.

— Que regardez-vous donc ainsi, Paula? dit Aubin derrière elle.

Il avait gardé l'habitude des amicales appellations de l'enfance.

— Quel intérêt peux-tu prendre à cela? répondit-elle avec l'involontaire dépit d'être troublée dans une contemplation souriante.

— Comment... quel intérêt? balbutia-t-il.

— Dame!... tu questionnes.

Comme elle avait raison! Le pauvre Aubin éprouva pour la première fois la sensation de l'indiscrétion naïvement commise et comprise aussitôt.

Jusqu'alors il lui avait paru tout simple d'interroger Paula, de la contraindre de la façon la plus naturelle à penser tout haut devant lui.

Il eut tout à coup l'intuition que ce joli temps d'insouciance et de fraternelle familiarité était envolé pour toujours.

Cependant Paula eut quelque regret d'avoir sèchement répondu à son ancien compagnon de jeux, et crut réparer la peine qu'elle lui avait peut-être causée.

— Je regardais s'éloigner qui m'aime. C'est triste

de les voir disparaître. C'est bon de penser qu'ils reviendront, expliqua-t-elle.

Décidément, Aubin avait ce soir-là des nerfs de petite-maîtresse.

L'explication l'exaspéra.

— Qui vous aime! répéta-t-il avec amertume. Croyez-vous donc vraiment que ce soit beaucoup aimer celles qu'au pays, là-bas, on appelle « les recluses », que de venir, deux fois en quinze jours, satisfaire eprès d'elles son désœuvrement et sa curiosité?

Paula le toisa d'un air fier. Sa bouche fine eut le tressaillement des natures ardentes subitement blessées; puis elle haussa les épaules, passa devant Aubin sans répondre et remonta vers la terrasse.

Le pauvre garçon, devant ce dédaigneux silence, n'eut pas la lucidité de reconnaître qu'il était fort maladroit, mais seulement le déplaisir de se sentir très-malheureux.

Positivement, on lui prenait « ses orphelines ».

Et telle était la jalouse âpreté de son attachement à ses chères sœurs d'enfance, qu'il se garda bien d'en deviner la source, ni d'en apercevoir l'aveuglement.

IX

Étiennette avait introduit MM Trabois père et fils dans la chambre où languissait la marquise, dont le tempérament usé devait une existence factice aux nouvelles et mémorables prescriptions du docteur.

Elle n'interrogeait plus, elle acceptait, prenant à la nourriture substantielle et aux boissons réconfortantes le plaisir instinctif et brutal de l'être dont l'âme se retire.

Elle avait retrouvé un regain de forces, un semblant d'intelligence, et le prouva en faisant bon accueil à l'officier ministériel.

Elle avait paru très-étonnée de sa visite et ne lui laissa pas le temps de s'asseoir avant de s'en exclamer.

— Qu'y a-t-il donc? fit-elle en soulevant son corps de squelette sur les durs coussins que la main d'Étiennette essayait vainement de rendre malléables. Vous-même!...

Me Trabois fit une inclination discrète qui la rendit attentive.

— Laisse-nous, dit-elle à mademoiselle de Béringe, qui, sans attendre ce mot désagréable, gagnait prestement la porte.

Le notaire prit un siége et resta muet.

— Çà, ce n'est pas, j'imagine, monsieur Trabois, mes huit cents livres de rente à me payer qui vous amènent ici ce soir?

Comme le notaire ne parlait pas davantage, la marquise, d'un coup d'œil encore vif, fit le tour de la chambre et vit Mariette très-silencieusement occupée à tirer les vieux rideaux de damas devant la haute fenêtre.

Il est positif qu'elle y mettait une lenteur tout à fait capable de la faire soupçonner de curiosité plus que d'adresse.

— Mariette! fit durement la marquise.

La servante comprit et disparut, non sans un profond regret.

— Voyons, parlez.

— Madame la marquise, dit Me Trabois, je suis venu vous prévenir en personne de l'événement qui vient de se produire et qui vous concerne. En personne, parce que vous m'avez ordonné, madame, une réserve plus qu'ordinaire.

La marquise approuva du sourcil.

Le regret de Mariette était si vif en quittant la chambre qu'elle trouva sur-le-champ le moyen d'y

7

rentrer. Et ce n'était pourtant pas une femme d'imagination.

Sa lampe fumeuse à la main, elle rouvrit la porte juste à point pour entendre le notaire prononcer d'un ton béat cette phrase funèbre :

— Mgr l'évêque de Pamiers est mort !

La marquise leva vers le ciel de lit ses mains diaphanes où les veines se dessinaient en fines cordelettes.

— Dieu m'est témoin, murmura-t-elle, que je lui souhaitais une longue vie.

— Mais, madame la marquise, Monseigneur avait quatre-vingt-deux ans! s'écria Mᵉ Trabois père.

— Et depuis vingt-cinq ans, Monseigneur était usufruitier de votre fortune, ajouta M. Trabois fils ; quarante mille livres de rente !...

En entendant ce son de cornemuse qui servait de voix au jeune homme, la vieille dame tourna vers lui son œil surpris.

— Qui donc m'avez-vous amené là... pour entendre parler de ces choses qu'il ne me plaît pas de divulguer? demanda-t-elle avec une mauvaise humeur non dissimulée.

— Mon fils... mon successeur, expliqua le notaire.

— Bon !... Allez-vous donc vous retirer, maintenant où j'aurai le plus besoin de votre aide? au moins pour mourir en paix !

— Bientôt; point assez vite, toutefois, pour ne pouvoir vous mettre d'abord en possession des huit cent mille francs... qui vous appartiennent.

Un bruit inattendu coupa la parole au notaire.

C'était la lampe de Mariette, échappée de sa main par l'effet d'une prodigieuse émotion, qui venait de se briser sur les dalles.

La marquise eut un mouvement de colère si terrifiant que ses os craquèrent dans l'effort qui faillit l'arracher à son lit.

Mariette, sans même s'occuper des débris de la lampe, s'enfuit épouvantée.

Madame de Brébion, que cet incident avait troublée beaucoup plus qu'il ne le méritait au premier aspect, retomba sur ses oreillers en balbutiant avec agitation :

— Curieuse... sotte... bavarde !... voici mes secrets personnels tombés en bonnes mains!... Vous n'aviez donc pas vu cette indiscrète, vous dont les yeux sont meilleurs que les miens? Tout est gâté maintenant.

— Calmez-vous, madame, calmez-vous, s'empressa de répondre le notaire. Cette fille a pu saisir tout au plus que vous alliez enfin jouir d'une fortune... '

— J'entends ne pas en jouir !

— ... Qui vous appartient depuis tant d'années déjà.

— Il m'importe peu !

— Peut-être n'avez-vous jamais réfléchi, madame la marquise, aux importants revenus dont vous étiez privée par la clause du testament du cardinal de Brébion, votre oncle par alliance, qui établissait usufruitier d'une somme de huit cent mille francs son condisciple, l'évêque de Pamiers.

— C'était consacrer cette somme à de bonnes œuvres.

— Nul ne le sait mieux que moi. Mgr de Pamiers a vécu, est mort en saint.

— Sans qu'une parcelle des revenus dont il s'agit ait jamais été distraite de l'usage pieux voulu par le donataire, insista la châtelaine.

— Vous m'en voyez convaincu, madame. Pamiers et tout le diocèse se sont enrichis des fondations les plus utiles. Le nom du cardinal de Brébion, mêlé à celui de Monseigneur, est béni de toute une population d'indigents. Il n'en est pas moins vrai que, les intentions du cardinal étant remplies, Mgr de Pamiers ayant fait jouir les pauvres de l'usufruit dont il était titulaire, ce dernier étant mort aussi, je me réjouis honnêtement de voir cette belle fortune arriver en aussi dignes mains que les vôtres.

La marquise ne parut touchée ni des considérations fort logiques présentées par le notaire, ni du compliment banal qui les couronnait. Ses yeux,

d'une mobilité prodigieuse, erraient dans les profondeurs de la vaste chambre mal éclairée par l'unique bougie — était-ce même une bougie? — laissée
par Étiennette. Ses lèvres s'agitaient, laissant fuir
des paroles sans suite qui répondaient à d'intimes
souvenirs :

— La fortune!... pour souffrir davantage, voilà
tout... pour devenir un objet de convoitise... pour
bouleverser tous les sentiments autour de soi... pour
amoindrir toutes les consciences. A quoi m'a servi
la fortune?... Jeune, elle attirait les hommages...
C'était mon or qu'on aimait... Il ne m'aimait pas,
lui, qui m'a ruinée... pas plus que ne m'avaient aimée
les autres... je l'avais cru!... quand je n'ai plus eu
d'or à lui donner, il m'a dédaignée... insultée...
j'étais sa femme, pourtant, et j'avais cru en lui!...
La fortune! vieille comme je suis, à quoi bon? à
déchaîner autour de moi une meute de solliciteurs
et d'affamés! Pauvres petites... elles ne doivent pas
savoir cela, entendez-vous?... Il vaut mieux qu'elles ne
soient jamais ni riches... ni aimées... ni trompées...

Les deux hommes écoutaient, stupéfaits, ces paroles étranges où les réminiscences d'un passé douloureux luttaient contre l'ordre naturel des choses.
Une logique bizarre, à l'usage des cœurs irrémédiablement blessés, en semblait découler.

— Madame la marquise... hasarda Me Trabois.

Elle redescendit à la réalité, sans transition.

— Ah! oui... je sais. Vous voulez en finir. Votre
visite a un but. Définissez-le, je vous prie, en quelques mots, car je suis bien fatiguée.

— Eh bien, madame, je serai mis sous huit jours
en possession de votre fortune par mon confrère de
Pamiers. Vous plaît-il m'indiquer l'usage que je dois
faire des arrérages échus qui forment, eux seuls,
une somme considérable?

— Appliquez-les aux œuvres de défunt Mgr de
Pamiers.

— Fort bien, fit le notaire avec quelque surprise,
tandis que le jeune Trabois sursautait.

— Est-ce tout? demanda-t-elle.

— Non pas. A partir d'avant-hier, jour du décès
de Monseigneur, les revenus vous appartenant en
propre, vous voudrez bien m'autoriser, madame, à
vous avancer telle somme que vous jugerez convenable... pour votre usage... et celui de Brébion. J'en
serai fort honoré.

Quelle convenance que le notaire eût mise à formuler une proposition parfaitement naturelle, du
reste, la marquise en parut froissée.

— Je vous remercie, répondit-elle. Je n'ai besoin
de rien. J'entends ne rien changer à mon existence.
Je ne veux voir ni compétitions, ni bassesses, ni in-

trigues autour de moi et des miens. L'or est un
dissolvant. Gardez-le.

— Mais, madame, s'écria le jeune Trabois, nous
ne saurions vous obéir. Les affaires ne se traitent
pas au point de vue du sentiment.

La marquise le regarda de son grand œil inqui-
siteur.

— Vous, jeune homme, vous devez aimer l'argent,
prononça-t-elle avec un sourire ambigu, je souhaite
qu'il vous rende heureux.

— En tous cas, j'aime celui de nos clients, car
mon devoir sera d'en prendre soin et de le faire
fructifier, riposta le jeune Trabois.

— Faites-le fructifier, je le veux bien.

Mᵉ Trabois parut fort goûter cette concession.

— Et m'autorisez-vous, madame la marquise, à
vous apporter chaque trimestre le montant de vos
revenus, soit 13,330 francs par trimestre?

Une véritable terreur se peignit sur les traits de
la châtelaine à l'énonciation de ce chiffre.

— Non, dit-elle avec force. Je ne vous autorise
qu'à une chose, c'est à conserver le dépôt que je
vous confie et à garder le silence.

Le notaire comprit qu'il n'avait rien autre à obtenir de cette intelligence dévoyée, peut-être de ce
cœur malade.

Il se leva pour se retirer. Sa conscience d'officier

ministériel n'était cependant pas satisfaite. L'état de santé de la marquise lui causait des inquiétudes professionnelles.

Allait-il la laisser s'éteindre sans assurer l'avenir d'une succession de huit cent mille francs dont elle paraissait se soucier si peu?

Et quelle périphrase heureuse employer pour toucher cette épineuse question? Le mot de « testament » déplait aux vieillards.

Il en avait un peu de sueur au front, ce beau front interminable si difficilement essuyé.

Monsieur son fils lui vint en aide en prenant congé de la marquise sur ce mot respectueux :

— Je suis reconnaissant, madame, que vous ayez permis à mon père de vous présenter votre humble serviteur qui se met, dès maintenant, en prévision de l'avenir, tout entier à vos ordres.

— Ah! sourit le notaire avec intention, c'est qu'il est mis, de mon vivant, en possession d'une part de mon héritage. Un peu de prévoyance ne nuit pas.

La marquise comprit-elle? Le même sourire indéfinissable plissa ses lèvres parcheminées.

— Je vous approuve, dit-elle. Il ne faut pas attendre la mort pour écrire ses dernières volontés, ni pour désigner son successeur.

— Je suis heureux d'entendre ces paroles dans votre bouche... et, si jamais mon ministère...

— Un testament olographe suffit-il? interrompit-elle.

— Parfaitement, s'il est conçu suivant les usages légaux.

— J'ai eu pour modèle celui du cardinal de Brébion, mon oncle. Il était bon, hein?

— Hélas! soupira le notaire, qui ne pouvait se défendre d'en vouloir au cardinal, dont une volonté dernière l'avait privé d'administrer depuis vingt-cinq ans quarante mille livres de rente.

— Alors tout est bien, conclut la marquise avec une évidente fatigue.

Elle frappa sur un timbre fêlé. Les sabots de Thibaut résonnèrent au seuil de la porte.

Comme il n'y avait pas d'autre lampe au château que celle — bien primitive certes — dont les débris huilaient le sol, il prit l'unique lumière de la cheminée et précéda les visiteurs dont les dernières salutations n'arrachèrent plus un mot à la vieille dame.

On s'étonnera peut-être que ce fût Thibaut, le lourd paysan, qui vint remplir cet office; mais il s'y trouvait réduit par l'état de Mariette.

Mariette venait de se mettre au lit avec la fièvre, une fièvre de stupeur, de joie, d'émotion, de renversement absolu de toutes ses facultés.

Huit cent mille francs!... Elle avait entendu : huit cent mille francs!

7.

Et si absurde que fût cette révélation, bien que faite par un notaire, on eût arraché les entrailles à Mariette, plutôt que de lui faire avouer qu'elle avait mal entendu.

Son mari, vers lequel elle était accourue tout affolée, désespérant de la calmer, et même de la comprendre, avait pris le parti de faire son service en attendant que la raison lui revînt.

Il marchait donc en avant sur les remparts écroulés qui formaient terrasse, indiquant de temps à autre à MM. Trabois les passages dangereux.

C'était merveille de voir combien, malgré leur inexpérience des lieux, le père et le fils, sous l'impression d'une pensée majeure, avançaient crânement au travers des obstacles, pierres, herbes, accidents de terrain.

Tout au bout de la terrasse, dans une sorte de créneau ouvrant sur la vallée, Étiennette assise et songeuse attendait la sortie des visiteurs pour aller donner ses soins à la marquise.

La lumière de Thibaut, qui projetait en avant une lueur indécise, effleura ses pieds sans la tirer de l'obscurité.

Elle-même distinguait à peine les trois ombres qui s'avançaient.

— Il est fait! chuchota le notaire.

— Quoi? demanda son fils.

— Son testament.

— Elle a paru nous l'avouer.

— Allons ! puisse-t-elle n'avoir point commis de sottise... dans la forme, car je suppose que le fond ne peut être douteux.

Le fils Trabois heurta une pierre et ne répondit pas.

— Eusèbe !

— Mon père !

— As-tu remarqué les jeunes filles qui nous ont reçus ?

— Une blonde très-belle.

— Oui... mais l'autre ?

— La brune ?... elle est laide.

— C'est possible. Elle aura quatre cent mille francs.

— Oh! c'est différent! Je l'ai peut-être mal regardée...

— Pourvu que la marquise... avec sa marotte de testament olographe...

— Après ça, père, la blonde superbe aura bien quatre cent mille francs aussi, plus sa beauté.

— Trop belle, trop noble et riche avec cela... comprends-tu ?

— Pas trop.

— Tandis que la brune... moins favorisée, plus accessible à une recherche, flatteuse en un sens...

— Vous avez raison. Elle n'est point d'ailleurs si absolument laide... hé!... hé!...

Ils avaient passé.

Dans l'implacable sérénité de la silencieuse soirée, chaque mot de cet entretien réaliste était parvenu, net et précis, à mademoiselle de Béringe.

Elle aurait quatre cent mille francs!... sa sœur aurait quatre cent mille francs!... Qu'est-ce que cela voulait dire? aurait-elle mal compris?... Oui, sans doute. Et, d'ailleurs, elle ne savait pas au juste ce que c'était que quatre cent mille francs.

Elle était laide!... c'était la seconde fois que cette vérité, brûlante comme une goutte d'acier fondu, tombait de son oreille dans son cœur.

Oh! cela, elle l'avait bien compris. De cela, elle ne pouvait plus douter. Tant qu'elle n'était point descendue de son rocher, elle avait ignoré cette chose cruelle et vraie. En se mêlant à la vie sociale, elle venait de l'apprendre brutalement, sans ambage.

Elle était laide! Elle était un repoussoir!...

Elle secoua sa tête brune par un geste vaillant.

— Cela ne m'empêche point d'être heureuse! pensa-t-elle en quittant sa niche de pierre.

La jeune fille ne s'était point encore heurtée à nos conventions, à nos préjugés, à notre civilisation à outrance, pour bien saisir le sens douloureux des

deux mots, qu'involontairement ses lèvres répé-
tèrent : « Repoussoir !... laide !... laide !... »

Avant de rentrer au château, elle jeta un dernier
coup d'œil vers la ville où les visiteurs allaient
bientôt arriver.

La lumière de Thibaut, respectée par la brise
très-douce, les guidait toujours.

Ce n'était plus, de ces hauteurs, qu'une étoile
tombée dans les broussailles, ou plutôt, car Thibaut
marchait lentement, un feu follet glissant entre les
mousses et les roches.

— Étiennette ! appela Paula du seuil des ruines.

— Je suis là, viens, répondit la sœur aînée.

Familiarisée dès l'enfance avec les effondrements
et l'obscurité, celle qu'Eusèbe Trabois appelait « une
blonde superbe » rejoignit rapidement Étiennette.

— Je ne sais ce qui se passe, dit-elle en passant
son bras autour de la taille grêle d'Étiennette. Je
suis entrée chez notre mère qui m'a paru bien
agitée ; elle s'est fait donner son livre d'évangiles,
ne m'a point permis de réciter la prière du soir près
de son lit, comme d'habitude, et m'a renvoyée avec
un flot de paroles bizarres, de reproches à Mariette,
de recommandations à M. Trabois. Elle doit avoir la
fièvre et des inquiétudes nouvelles que je ne comprends pas.

— Je vais tout de suite...

— Non. Elle veut être seule et m'a intimé l'ordre
de demeurer près de toi... et de n'écouter aucune des
« folies », c'est son expression, que ces messieurs
de Besançon pourraient être tentés de nous dire.

Étiennette rapprochait ces explications des mots
singuliers recueillis par elle sur le passage des visiteurs, et demeurait silencieuse.

— Ce n'est pas tout, reprit Paula. Mariette cou-
chée, malade, m'a appelée d'une voix troublée, m'a
serré les mains à me les faire rougir et m'a mur-
muré à l'oreille : « Il arrive de l'argent... beaucoup
d'argent, à Brébion. »

Cette fois, Étiennette tressaillit. MM. Trabois
père et fils avaient, eux aussi, parlé de beaucoup
d'argent.

— Tout ceci est trop vague pour nous occuper
sérieusement, dit-elle doucement en caressant les
boucles blondes. La seule chose triste est l'état de
santé de madame de Brébion. Obéissons-lui en res-
pectant son repos. Je vais aller voir Mariette.

Le feu follet, cependant, remontait vers les ruines.
Thibaut ne revenait pas seul. Aubin Vial l'avait
rejoint au retour.

L'enfant trouvé avait mis à profit l'événement
inusité de la présence du notaire pour échapper à
l'attention et courir porter à l'*Hôtel des Bains* la fin
de son *Étude sur la Franche-Comté*.

Il n'avait point rencontré M. Demomprin, ou de Momprin, mais le domestique, en prenant son rouleau de papier, avait bien voulu lui expliquer que le candidat à la députation était souvent à Besançon, pour y faire imprimer son dernier ouvrage dont la première partie était même déjà sous presse.

Aubin, le cœur gonflé, — car il ne comprenait que trop de quel ouvrage s'occupait le candidat — revint à pas lents à Brébion.

Vers le milieu de la montée, il retrouva Thibaut si fort absorbé par l'énigme que sa femme venait de présenter à son esprit obtus, qu'il en oubliait d'éteindre sa lumière, bien qu'il n'eût plus depuis longtemps d'étrangers à guider.

— Et l'économie! fit Aubin en soufflant sur la mèche fumeuse.

— Ah! bien... Mariette dit que le notaire vient d'apporter huit cent mille francs à madame.

— Vous êtes fou!

— Ce serait dommage. Mariette dit qu'on va joliment être heureux ici.

— Mais où prend-elle cela, grand Dieu?

— Elle a entendu le notaire... là, comme je vous entends.

Malgré l'invraisemblance de cette assertion, un frisson secoua l'enfant trouvé.

La marquise aurait-elle fait un héritage? L'aisance

entrerait-elle enfin par la porte légale, dans ce logis sans pareil où la pauvreté avait jusqu'alors déployé tant de noblesse et de résignation ?

Il escalada la dernière rampe avec une agilité de chat sauvage.

La chambre de Mariette, ou plutôt l'espèce de cellier qui lui servait de chambre, entre la cuisine et la cage à lapins, était la seule éclairée.

Il s'y trouvait nombreuse compagnie quand Aubin y fut introduit par Thibaut.

La bonne femme rouge, essoufflée, les bras en l'air, refaisait pour la dixième fois à Étiennette et à Paula le récit de sa courte apparition dans l'appartement de la marquise et du prodigieux événement dont elle y avait entendu l'annonce.

Avec la pose d'un docteur, l'aumônier cherchait à retenir dans ses doigts amincis par l'âge l'épais poignet de la paysanne pour en étudier le pouls fiévreux.

L'abbé Joumel n'était pas convaincu par tout ce babillage et se demandait si les fièvres typhoïdes ne commençaient pas, d'ordinaire, par des hallucinations et du délire.

Mais tout à coup il sentit un souffle léger murmurer à son oreille :

— Moi aussi, j'ai entendu le notaire.

Il se retourna tout saisi.

Étiennette, un doigt sur ses lèvres, le regardait de la plus expressive façon.

Il eut foi d'instinct, cette enfant n'avait jamais menti.

Tout aussitôt, ses doigts se disjoignirent, laissant le poignet de Mariette libre de se livrer à la pantomime la plus exagérée.

— Vous comprenez bien, monsieur l'aumônier, disait-elle, que je ne hasarderais pas le salut de mon âme pour vous raconter des histoires inventées... des menteries... des contes. Le notaire a dit...

— Paix! dit l'aumônier avec l'autorité qu'il devait à son caractère et à sa robe; paix, Mariette! Si vous ne vous êtes pas trompée, madame la marquise confirmera bientôt elle-même vos paroles. Notre devoir, jusqu'à ce qu'elle ait jugé à propos de nous instruire d'un fait qui la concerne seule, absolument seule, est de respecter un secret que le hasard a mis entre vos mains.

Mariette se tut par respect. Sa physionomie disait clairement que tout autre que M. l'aumônier ne la réduirait pas au silence en face d'une telle conjoncture.

— Il est l'heure du repos, reprit celui-ci du même ton doux et ferme auquel on ne résistait pas. Prenez la boisson calmante que vous présente mademoiselle Étiennette, et dormez.

— Elle n'a plus la fièvre? interrogea Thibaut.

— J'ai la fièvre de joie! dit la paysanne en consentant enfin à se tenir tranquille sur son oreiller.

Aubin Vial avait assisté, muet, à cette scène. Son œil alerte avait saisi le signe échangé entre Étiennette et l'aumônier.

Pour lui aussi, dès qu'Étiennette y paraissait croire, le fait était réel.

Dieu sait les rêves dorés, vagues et souriants qui hantèrent, cette nuit-là, le sommeil des habitants de Brébion.

Seule, Étiennette ne dormit pas.

Sans bruit, sans lumière, elle s'était glissée dans la chambre de la marquise, avait gagné son lit, s'y était penchée pour écouter la respiration saccadée de la malade, puis, voyant enfin le sommeil y descendre, s'était assise dans l'unique fauteuil pour veiller sa bienfaitrice.

L'horloge de Saint-Anatole tinta lentement toutes les heures de cette longue nuit. Les sons montaient clairs et mélancoliques de l'église aux ruines.

Étiennette prenait un indéfinissable plaisir à en recueillir les vibrations prolongées.

Ces heures qui s'égrenaient sur la ville endormie, et dont elle seule peut-être suivait la marche uniforme, ne la conduisaient-elles pas vers une existence nouvelle?

Que serait cette existence qu'un rayon brillant semblait vouloir dorer?

Étiennette ne voyait rien de distinct, ne désirait rien et rêvait.

Peu à peu, ses yeux s'appesantirent. Sa tête se pencha sur le rigide appui du fauteuil. Un engourdissement progressif s'étendit à la fois sur ses membres et sur son esprit.

Elle allait dormir, quand un grand soupir lui fit dresser la tête.

La marquise s'agitait faiblement avec des plaintes enfantines.

Étiennette courut tirer les épais rideaux qui laissèrent entrer, à travers les vitres verdâtres, la lueur blafarde d'une brumeuse matinée.

Quand elle revint au lit, elle étouffa un cri de douleur.

Madame de Brébion n'était plus pâle, mais cadavéreuse; ses yeux ternes semblaient ne plus voir; ses mains osseuses cherchaient et ramenaient les draps contre sa poitrine par le geste inconscient, familier à ceux qui, près de quitter ce monde, paraissent en vouloir emporter au moins quelques épaves.

La jeune fille lui parla sans obtenir de réponse. Épouvantée, elle se hâta vers l'appartement de l'abbé Joumel.

Collant ses lèvres tremblantes contre les ais dis-
joints, elle lui cria d'une voix étouffée :

— Vite, monsieur l'aumônier, elle se meurt !

Celui-ci, réveillé dès l'aube, récitait son office du
matin beaucoup plus par le secours de sa mémoire
que par celui d'un jour douteux.

Il ouvrit tout ému et suivit Étiennette en priant
tout bas.

La vue de la mourante lui expliqua cette dernière
nuit sans agitation, cette agonie sans souffrance.

Elle s'éteignait ; rien ne pouvait plus se déchirer
dans son organisme usé ; tout s'y dissolvait à la fois.

Peut-être les émotions inattendues de la veille
avaient-elles contribué à hâter le dénoûment.

L'ami refoula ses larmes. Le ministre de Dieu
demeura seul devant ce lit de mort.

La marquise ne parlait plus. Elle entendait encore, et la pression de sa main froide répondait aux
suprêmes exhortations du prêtre.

Comme elle semblait réclamer de l'air, Étiennette
avait ouvert toute grande la fenêtre. Une bouffée
de vent matinal s'y engouffra, apportant avec elle
la sonnerie de Notre-Dame Libératrice où l'on allait
célébrer la première messe.

A genoux autour du lit, Paula, Aubin, Mariette
et Thibaut pleuraient.

— Prions ! dit à haute voix l'aumônier.

Il commença les litanies des agonisants. Étiennette et l'enfant trouvé y répondaient parmi leurs
sanglots.

Quand la cloche de Notre-Dame Libératrice cessa
de sonner, la marquise cessa de souffrir.

La dernière vibration, montant vers le ciel, y
avait peut-être emporté son âme.

X

Quand la funèbre nouvelle fut connue, tout Salins manifesta sa sympathie pour les orphelines, que cette mort laissait une fois encore abandonnées.

Les familles nobles du pays, qui n'avaient point échangé de visites avec la châtelaine, ne se crurent pas moins tenues à faire porter à Brébion leurs compliments de condoléance.

Ce fut pendant la journée une incessante procession de valets et de servantes, de lettres, de cartes, d'offres de service.

Lady Margaret et son mari arrivèrent les premiers. Quoiqu'un peu souffrante, l'aimable femme n'avait voulu confier à personne, pas même à son « bon Charles » ni au « grave Maxime », le soin d'aller consoler et enlever ses petites amies.

Car elle entendait les arracher à ce spectacle de mort et leur donner de tout cœur l'hospitalité de l'hôtel Saint-Èbre.

Après les premiers baisers, elle formula son amicale proposition de cette façon toute charmante et toute volontaire aussi qui manque rarement de réussite.

Paula n'eut garde de résister. La jolie Paula n'était pas faite pour les larmes. Cela rougissait abominablement les yeux, gonflait les paupières, et bouleversait tous les traits.

Elle avait un chagrin positif de la perte de la marquise; mais elle faisait de consciencieux efforts pour la regretter beaucoup en ne la pleurant qu'un peu.

Elle recueillit donc avec un empressement timide l'offre de lady Margaret, sans même songer qu'Étiennette pût avoir un avis opposé.

Ce fut pourtant ce qui arriva.

A la seule pensée de s'éloigner des chères dépouilles avant l'heure obligatoire de la séparation, mademoiselle de Béringe formula le refus le plus reconnaissant et le plus net.

Vainement lui fit-on observer qu'Aubin Vial, Mariette subitement guérie et Thibaut suffisaient à remplir les derniers devoirs, dont sa délicatesse de constitution aurait trop à souffrir.

Étiennette secoua sa tête brune et déclara qu'elle ne déserterait pas le devoir filial qui la rivait au lit funèbre.

Après une lutte très-longue, lady Margaret entraîna Paula que la sœur aînée, toute indulgence aux autres, n'essaya pas d'arrêter.

Aubin parut froissé de cet abandon, plus froissé peut-être encore parce qu'il s'effectuait au profit de l'hôtel Saint-Èbre, une demeure qu'il redoutait.

Quoiqu'il ne se permit pas un reproche, son regard d'adieu le dit à Paula.

Paula ne jugea point bon de paraître le remarquer. D'ailleurs, elle opinait, à part elle, qu'Aubin prenait à tout ce qui émanait de l'hôtel Saint-Èbre un peu plus d'intérêt qu'il n'eût fallu.

Ce fut avec l'aide d'Aubin qu'Étiennette, surmontant sa faiblesse physique par une force d'âme toute virile, rendit les derniers devoirs à la marquise.

Elle veilla, priant avec son compagnon d'enfance, devant la lugubre couche. Elle ensevelit la morte ; elle déposa un baiser pieux sur ses rares cheveux blancs avant d'abaisser le couvercle du cercueil.

— Vous m'avez prise et soignée dans vos bras, quand j'étais toute petite !... murmurait-elle à travers ses larmes, en couchant le corps rigide dont le contact glacé la troublait ; c'est à mon tour de vous rendre ces soins suprêmes, à vous qui avez voulu me servir de mère !

Aubin ne put l'arracher d'auprès du cercueil que lorsque l'heure eut sonné de le descendre au cimetière.

Intérêt, convenances, curiosité, la noblesse tout entière et une bonne portion de la bourgeoisie attendaient au bas de la côte pour suivre le cortége, au premier rang duquel on remarquait Charles et Maxime de Saint-Èbre.

Après le service religieux, où l'abbé Joumel officia, le corps fut déposé au fond du vieux cimetière, non loin de la tombe étrangement dégradée du baron Lepin, qui commandait l'artillerie française à Magdebourg et à Dantzig, et qui reste une des gloires militaires de Salins.

Au retour, madame de Saint-Èbre s'empara d'Étiennette avec une affectueuse autorité.

— Vous ne pouvez plus refuser, dit-elle. Je vous emmène.

— Je le veux bien, répondit simplement mademoiselle de Béringe.

L'abbé Joumel consentit à se reposer le reste du jour chez le curé de Saint-Maurice.

Aubin, qui remonta seul à Brébion, éprouva, ce soir-là, une si intense sensation de vide qu'il se crut plus orphelin qu'autrefois, à quatorze ans, et pleura comme il n'avait jamais pleuré.

Lady Margaret, quoique étrangère, avait le sentiment de toutes les convenances et de touchantes délicatesses.

Sans essayer d'écarter des deux sœurs une tristesse trop naturelle, elle sut les intéresser à des détails ingénieux, à des obligations sociales qui détournèrent leur attention.

Paula s'y prêtait même avec une évidente bonne volonté. La question du deuil lui parut avoir son importance, et peut-être même ne dissimula-t-elle pas assez complétement sa joie en se voyant en rapport, pour la première fois, avec une modiste et une couturière.

Le noir, qui est la coquetterie des blondes, la rendait merveilleusement belle, tandis qu'il éteignait encore le teint sans éclat d'Étiennette.

La mode du jour, quoiqu'elle ne fût adoptée qu'avec l'austérité qu'imposait un si grand deuil, fit ressortir chez Paula l'élégance d'une taille souple et fine, tandis qu'elle dessinait chez Étiennette l'inégalité d'épaules maigres et voûtées.

En voyant Paula, un peu triste encore, les yeux déjà pleins de lumière et le visage délicatement rosé comme une reine-marguerite à demi-ouverte, madame de Saint-Èbre retint mal une exclamation admirative.

Si mal même, que la jeune fille l'entendit à merveille et lui sut gré de son bon goût.

Frêle et blême par le chagrin, perdue dans ses longs vêtements de deuil qui lui donnaient un aspect de veuve, Étiennette ne recueillit qu'un mot qui, sur les lèvres de lady Margaret, exprimait autant de pitié que d'affection :

— Pauvre petite!...

Rien ne peut donner une idée du calme et de la douceur de cette vie nouvelle dont les deux jeunes filles goûtaient les bienfaits, encore ignorés, au milieu de leurs amis.

L'intérêt sérieux de M. Charles de Saint-Èbre, l'attention respectueuse de Maxime, l'amitié chaude de lady Margaret et jusqu'au gracieux babillage du petit Edward étaient de puissants dérivatifs, de consolantes lueurs dans leur épreuve.

Le luxe était banni de l'hôtel Saint-Èbre ; mais le confort y régnait en souverain. Les deux sœurs, qui n'en avaient aucune notion, s'en laissèrent bercer sans défiance.

Pour certaines natures même, l'aisance paraît si naturelle qu'il semblait à Paula, entourée de choses neuves et d'usages inconnus, qu'elle avait toujours vécu dans leur familiarité.

Cette puissance d'assimilation manquait à Étiennette. Elle n'en prenait pas moins très-naïvement sa part, reconnaissante et touchée de la moindre prévenance, heureuse surtout de se sentir par les sentiments l'égale de cette famille, où la fortune était, tout entière, au service du cœur.

Cette fortune, du reste, appartenait à lady Margaret, qui en faisait le plus noble usage. M. Charles ne possédait guère que l'hôtel paternel; M. Maxime que ses épaulettes d'officier.

Mais, ce qu'ils possédaient tous deux, c'étaient une loyauté et une élévation de sentiments bien rares à notre égoïste époque.

Les orphelines passèrent une semaine à l'hôtel Saint-Èbre, une semaine douce et bénie, la plus rapide de leur existence; une semaine où chaque heure apportait sa joie secrète, son intime parfum, son souvenir heureux.

Étiennette, la première, eut le courage de vouloir rompre le charme.

Lady Margaret prétendait ne pas rendre de si tôt ses petites amies. L'abbé Joumel dut la prier lui-même de consentir à leur retour, afin de procéder à des affaires de succession que MM. Trabois annonçaient devoir être considérables.

Le mot de succession fut alors prononcé tout haut pour la première fois. Tout bas, il courait la ville, depuis le noble hôtel du Bourg-Dessous jusqu'à la plus infime maison des faubourgs.

Certes, si Mariette ou Thibaut n'avait pas passé par là, personne ne se serait avisé de supposer que la marquise pouvait avoir une succession bonne à recueillir.

A part les ruines, que pouvait laisser cette malheureuse femme qui avait vécu sur ses rochers comme une cénobite dans une Thébaïde?

Mais Mariette avait parlé. Empêcher Mariette de conter à tout venant ce qu'elle avait entendu eût été plus difficile que de transporter Brébion au milieu du val d'Héry.

Et encore!... la belle vallée pourrait à la rigueur recevoir les ruines; tandis que Mariette eût éclaté comme une outre trop gonflée, s'il lui avait fallu se taire.

Donc l'histoire des huit cent mille francs faisait ouvrir des yeux immenses à la bonne population salinoise, d'autant mieux que personne ne mettait en doute le beau titre d'héritières dont on décorait déjà les orphelines.

M. Charles de Saint-Èbre en entendit parler comme tout le monde et s'en réjouit plus que tout le monde, bien que rien ne fût encore éclairci à cet égard.

Maxime en ressentit tout au contraire une sorte de mécontentement très-vif que sa belle-sœur lui reprocha tout net.

C'était le soir même du retour des orphelines à Brébion.

— Voyons, monsieur l'officier grincheux, lui dit-elle, m'expliquerez-vous votre maussaderie de-

8.

puis que le bruit public dore les ruines de la baga-
telle de huit cent mille francs?

— Ma sœur, je préfère n'y pas croire.

— A votre aise ; d'ailleurs, rien n'est moins sûr.
Mais si le cancan prenait force de vérité, pourrai-je
espérer de voir se rasséréner un peu votre sombre
visage?

— Je crains fort de ne pouvoir vous donner cette
satisfaction.

— Cependant rien ne serait plus providentiel pour
ces chères filles, et si vous étiez sincèrement leur
ami...

— Je suis très-sincèrement leur ami.

— ... Vous devriez prendre part à leur heureux
changement d'existence.

— S'il s'accomplit, et que je les en voie ravies,
peut-être le serai-je moi-même?

— Voilà qui est déjà mieux. Nous allons arriver à
faire de vous un homme raisonnable.

— Hum !... sourit Maxime en branlant la tête.

— Oui, vraiment. D'abord, pouvez-vous imaginer
plus ravissante créature que notre Paula?

— Je n'en imagine pas, ma sœur.

— Ensuite, vous figurez-vous cette beauté, ce
charme, cette grâce, décuplés par le prestige d'une
grande fortune?

Maxime eut un mouvement de dépit.

— Eh ! c'est justement ce dont mademoiselle Paula de Béringe n'aurait nul besoin. La peinture est assez réussie pour se passer des dorures du cadre. -

— Homme antique, allez!... Vous serez le seul de cet avis parmi les deux ou trois millions de célibataires français qui persistent dans ce regrettable état, faute de trouver des dots suffisantes.

Comme si ce sujet de conversation lui était désagréable, Maxime se leva sans plus discuter. Son frère remarqua tout haut en riant qu'il n'avait point la mine d'un homme convaincu. Il ajouta cependant que, si les célibataires dont parlait madame de Saint-Èbre étaient avisés de la succession Brébion, on en verrait un bon nombre s'abattre sur Salins, et qu'il faudrait bien alors que le commandant de dragons reconnût, bon gré, mal gré, qu'une dot de quatre cent mille francs ne nuisait pas à la belle Paula.

Cet innocent persiflage eut à peine le pouvoir d'arracher un sourire à l'officier. Il chercha son képi de petite tenue, l'assujettit sur son front par un geste brusque et sortit.

—Votre frère est une énigme! se contenta de dire la jeune Anglaise.

En rentrant à Brébion, la première pensée d'Étiennette fut pour Aubin :

— Où donc étais-tu? qu'as-tu fait?... Tu n'es point venu nous voir à l'hôtel Saint-Èbre.

Le jeune homme répondit simplement :

— Ah! voilà donc un peu de soleil revenu sur nos ruines !

— Cela ne m'explique pas pourquoi je t'ai vainement attendu.

— M'attendiez-vous, vraiment?

— Est-ce que cela se demande?

— Vous étiez si heureuses là-bas !

— Pas tout à fait. Tu nous manquais.

L'enfant trouvé sentit un peu de brouillard devant ses yeux.

— Étiennette, demanda-t-il, dites-vous cela pour me consoler de ma solitude d'une semaine?

— Je le dis parce que je suis habituée à ta présence et qu'il me semblait toujours te voir arriver.

— Merci, Étiennette.

Elle le regarda, surprise qu'une parole si simple valût un remerciment. Il y avait une véritable émotion sur les traits du pauvre Aubin.

C'est qu'il s'était cru bien oublié pendant les huit longs jours où les ruines n'avaient pas entendu les douces voix des orphelines.

Être oublié des orphelines!... Aubin pouvait tout admettre, hors cette chose énorme que les deux sœurs pourraient se passer de son dévouement.

Paula lui serra silencieusement la main, jugeant sans doute que sa sœur avait parlé pour deux.

Rassuré, il courut prendre les ordres de l'abbé Joumel, qui n'attendait que la rentrée au château de mesdemoiselles de Béringe pour la levée des scellés.

XI

Les scellés! ce sont là des formalités légales que la justice doit remplir et dont le cérémonial s'était accompli suivant l'usage. C'est dur et brutal comme la loi.

La marquise étant décédée sans héritiers directs, son appartement avait été clos, et Thibaut nommé gardien des scellés.

Maître Trabois, consulté, ayant déclaré ne posséder aucun testament, mais avoir recueilli de la bouche de la marquise la certitude de l'existence d'un testament olographe, la recherche de cette pièce fut décidée par le juge de paix de Salins.

On prit jour, et maître Trabois, prévenu, ne manqua pas d'accourir de Besançon, flanqué de son inévitable fils.

Étiennette et Paula ne pénétrèrent pas sans émotion dans la chambre où vivait, dans toute son intensité, le souvenir de la marquise.

Rien n'avait été dérangé. Le lit, pieusement recouvert, gardait encore, sous la mince courte-pointe, l'empreinte du corps d'acier qui l'avait occupé tant d'années.

Son livre d'évangiles y reposait près de l'oreiller. Les meubles étaient correctement rangés au mur dans l'ordre où la défunte aimait à les trouver.

Les recherches que les hommes de loi venaient faire ne prirent que peu de temps. Dans une commode vermoulue, il n'y avait qu'un peu de linge; dans l'armoire antique, qu'un manteau de vieux drap accroché sur l'unique robe noire. Çà et là, des notes et des papiers ayant trait à la fameuse *Légende de Brébion*.

Au dernier tiroir de la commode s'adaptait intérieurement une sorte de boîte à parfums comme en avaient jadis les dames coquettes.

Sans avoir été coquette, la marquise, aux jours de sa splendeur, avait possédé tout comme une autre sa boîte à parfums.

Certain sachet au musc en emplissait la cavité. Au-dessus du sachet, une grosse enveloppe.

Maître Trabois, qui assistait le juge de paix, s'en saisit avec triomphe et la lui remit en lançant aux jeunes filles un regard rayonnant.

On pouvait lire sur la grosse enveloppe, en caractères hauts et carrés : « Ceci est mon testament. » Silencieusement, Aubin avança des siéges autour du guéridon boiteux où se groupèrent les assistants.

Bien assis, ses lunettes bien essuyées, sa voix éclaircie par [un habile gargarisme, le juge de paix brisa l'enveloppe.

Il n'y avait que quelques lignes.

« Le 30 mars 1859, saine de corps et d'esprit, je
« déclare laisser tout ce que je possède et possé-
« derai au jour de mon décès à M. l'abbé Joumel,
« aumônier de Brébion, à charge par lui d'employer
« cet héritage en bonnes œuvres.

                    « Marie-Nathalie-Jeanne, marquise
                    « DE BRÉBION, née DE LA FOSSE. »

C'était tout.

L'abbé Joumel fit un haut-le-corps.

— Oh!... c'est impossible! murmura-t-il avec dé=
solation.

Maître Trabois salua d'un air fort sec.

— C'est, au contraire, très-réel, monsieur l'aumônier.

Le digne prêtre s'approcha tout près, tout près du juge de paix, cligna ses yeux troublés pour mieux lire et répéta de plus en plus douloureusement:

— Mais c'est impossible!... Elle ne parle pas des petites.

Pour l'abbé, qui les avait vues au sortir du

berceau, Étiennette et Paula étaient toujours les « petites ».

Le juge de paix, quoique habitué à toutes les variétés de déconvenues, n'en avait jamais encore rencontré de semblable.

C'était, chez l'abbé, une surprise qui touchait à la stupeur et un chagrin prêt à tourner aux larmes.

Malgré ses efforts, deux de ces indiscrètes lui vinrent aux yeux quand il vit les jeunes filles s'avancer vers lui avec un calme sourire.

— Mais, mes filles, balbutia-t-il, cela devrait être à vous, non à moi.

— Vous nous garderez bien dans les ruines, bon Père? dit Étiennette doucement.

— Seigneur Dieu!... vous garder!... je le crois bien!...

— Il ne s'agit pas que des ruines, dit la voix solennelle de maître Trabois; il s'agit d'une fortune de huit cent mille francs.

— Huit cent mille francs! répéta gaillardement le juge de paix, en homme qui a flairé le mystère.

— Huit cent mille francs! gémit l'abbé Joumel.

Les yeux de Paula brillaient comme des étoiles. Ceux d'Aubin se tournèrent avec un involontaire reproche vers la couche funèbre.

— Je ne comprends pas bien, dit Étiennette sans rien perdre de sa sérénité.

Le fils Trabois ouvrit un gros portefeuille, dans lequel le notaire se mit à cueillir des papiers plus ou moins jaunis, à mesure qu'il parlait.

— Voici, dit-il. Feu le marquis de Brébion vivait en mauvais termes avec son dernier parent paternel, le cardinal de Brébion, qui jouissait en cour de Rome d'une haute considération. Le cardinal ne pardonnait point au jeune marquis ses prodigalités, son inconduite, son oubli de tout principe religieux, ses transgressions de la loi morale. Possesseur d'une grande fortune, il avait déclaré maintes fois n'en pas vouloir laisser une obole à ce neveu qui déshonorait son nom. Le neveu mourut le premier. Le cardinal de Brébion, qui n'avait jamais eu l'occasion de voir sa nièce par alliance, la défunte marquise, ignorait absolument son caractère, ses vertus et même une partie de ses malheurs. Il la savait retirée dans le Jura, dont lui-même était éloigné depuis de longues années, et la croyait, sinon riche, du moins dans une position parfaitement honorable. Cette ignorance provenait du silence plein de fierté dans lequel s'était renfermée la marquise.

« Le cardinal, que les liens d'une très-ancienne et très-vive affection unissaient à l'évêque de Pamiers, son condisciple, son intime du séminaire, l'instruisit de ses dernières volontés, c'est-à-dire de son intention formelle de l'instituer son légataire universel.

« C'était, il le savait bien, l'instituer son mandataire auprès des malheureux.

« Monseigneur de Pamiers lui fit observer que, s'il restait un seul membre de sa famille, c'était à ce parent que sa fortune devait revenir, quitte à faire certaines réserves charitables.

« Il se heurta d'abord contre l'opinion bien arrêtée du cardinal, lequel, vivant à l'étranger et ne connaissant la marquise que de nom, ne se sentait aucunement porté à la choisir pour héritière.

« L'extrême droiture de l'évêque de Pamiers n'eut pas trop de peine cependant à vaincre des préventions qui, du neveu indigne, étaient retombées sur la nièce innocente.

« Le cardinal consentit à laisser le capital de toute sa fortune à la marquise de Brébion, mais seulement après le décès de son ami, qui en devait rester usufruitier.

« Il mourut peu après. Prévenu par son notaire, je dus, à mon tour, faire connaître à madame de Brébion la restriction temporaire et légale apportée à la générosité dont son oncle la rendait l'objet.

« Je me souviens encore de cette première visite, où j'eus l'honneur de me présenter devant une des plus nobles, des plus belles, des plus estimables dames de notre Franche-Comté, et peut-être de la France.

« Déjà bien changée, on reconnaissait encore en elle les traces d'une beauté que le chagrin n'avait pu emporter tout à fait. Son abord était royal, malgré le dénûment dans lequel elle entendait vivre.

« C'était dignité chez elle, alors. A dater de ce jour, où, sûr de ses droits, je mis ma caisse à sa disposition sans qu'elle y voulût puiser une obole, ce fut un étrange entêtement.

« Elle parut épouvantée de ma révélation, il y a vingt-cinq ans, comme elle le parut encore, il y a quelques jours, quand je vins lui apprendre le décès de l'évêque de Pamiers.

« L'or lui faisait peur depuis qu'elle l'avait vu entraîner son mari à la faute et à la honte. Elle n'en éprouvait plus aucun besoin. Elle avait plié son corps de fer à des austérités plus que monacales. Autour d'elle, ni famille, ni amis. Elle vivait seule et voulait mourir seule. Cette fortune lui parut une ironie. « Je pense, me dit-elle, que Monseigneur de Pamiers me survivra. C'est tout mon désir. »

« Je continuai donc à lui faire servir ses huit cents livres de rentes, comme par le passé, sans jamais y ajouter un centime d'avance. Elle ne l'eût pas souffert.

« J'avais reçu d'elle les instructions les plus précises. Elle entendait que le secret le plus absolu fût gardé sur cette tardive fortune, dont elle avait l'intime conviction de ne jamais jouir en fait.

« Je dus obéir. Personne ne soupçonna la vérité. Ce fut peu d'années après, je crois, que, devenue infirme, elle obtint d'attacher un aumônier à Brébion. Sa solitude fut heureusement modifiée par votre présence, monsieur l'abbé. »

L'abbé Joumel, de plus en plus contrit, salua légèrement avec un sourire navré.

Le notaire reprit avec un crescendo d'importance :

« Plus tard encore, des souvenirs d'amitié se réveillèrent chez la marquise. Elle apprit qu'un homme au déclin de l'âge, qui avait jadis partagé toutes les folies ruineuses de M. de Brébion, venait de s'éteindre, laissant sans aucune ressource deux toutes petites filles dont la jeune mère était morte déjà.

« La ruine et la mort de M. et de madame de Béringe ravivèrent les visions du passé, rouvrirent la source de ses larmes et firent naître une pitié miséricordieuse dans un cœur que le désespoir, sans doute, avait refroidi.

« Madame de Brébion fit venir auprès d'elle les charmantes enfants pour en faire des femmes d'élite. »

Le salut que le notaire fit aux deux sœurs, quoique gracieux, se ressentit, ici, de la certitude qu'il venait d'acquérir qu'elles n'héritaient pas.

« Je dois ajouter que ma conviction était telle en apprenant l'adoption dont je parle, qu'il me sem-

blait voir, tout tracé d'avance, le chemin que cette
étrange fortune devait faire de mains en mains.

« Mon devoir professionnel était d'inviter la marquise à songer à ses dernières volontés. Elle ne me
permit pas de m'expliquer, me déclarant avoir pourvu
à l'avenir.

« Maintènant, si j'examine la date de ce testament
olographe et en bonne forme qui vous fait héritier,
monsieur l'aumônier, je vois qu'elle est antérieure
à l'entrée des deux jeunes demoiselles de Béringe à
Brébion. »

— En effet, interrompit vivement l'abbé Joumel,
madame la marquise, sans aucun parent, a pu juger
à cette époque que je pourrais, à son défaut, répandre ses libéralités sur le pays. Mais ses idées ont dû
changer... elles ont changé certainement à mesure
que croissait sa tendresse pour les « petites »... et ce
n'est pas moi qu'elle a choisi, j'en suis certain... mo-
ralement certain.

—Malheureusement, monsieur l'abbé, dit le juge
de paix, tout charmé de ce désintéressement, la certitude morale est de nulle valeur aux yeux de la loi.
Nous aurons donc le devoir de vous mettre en possession de votre héritage, malgré vos très-hono-
rables scrupules.

Pendant le récit de son père, M. Eusèbe Trabois,
glissant sans bruit ses longues jambes sur les dalles

froides, avait achevé pour son compte personnel la
minutieuse inspection de l'appartement.

Il y avait si peu de meubles et pas d'armoires!...
ce fut aussi court qu'inutile.

Il paraissait fort contrarié, ce grand jeune homme,
et jetait de petits regards en coulisse, positivement
attristés, vers Étiennette, qui ne le voyait pas.

— Si elles avaient hérité, pensait le futur successeur de maître Trabois, j'aurais suivi le conseil de
papa. J'aurais laissé la blonde se marier dans la noblesse, et j'aurais épousé la brune, qui est trop laide
pour se montrer difficile sur le plus ou moins de
roture du nom qu'on lui donnera.

Au même instant, maître Trabois concluait avec
majesté.

« Il faut accepter le fait accompli. La marquise ne
se croyait point aussi près de sa fin. Elle savait avoir
écrit son testament et se proposait sans doute d'y
introduire quelques modifications importantes concernant ses filles d'adoption ; c'est certainement cela
qu'elle nous a fait entendre. Mais, comme beaucoup
de vieillards, elle remettait au lendemain cette besogne attristante. Il n'y a pas eu de lendemain pour
elle. Que sa volonté soit exécutée. Monsieur l'abbé,
nous allons procéder aux formalités qui restent encore à remplir auprès du tribunal civil pour l'homo-
logation du testament, et j'aurai l'honneur de vous

mettre en possession de vos quarante mille livres de
rente. »

Ces messieurs prirent congé et se retirèrent, tandis que le pauvre abbé, désespéré, gagnait sa chambre en trébuchant sous le poids de cette malencon-
treuse générosité.

Sur le seuil, le juge de paix prévint les orphelines
qu'un conseil de famille allait être réuni pour elles
et un tuteur nommé à Paula.

Étiennette allait être majeure deux ou trois jours
après.

Interrogée sur le tuteur qu'elle désirait accepter,
d'accord avec la loi, Paula demeura pensive, un peu
de rougeur aux joues.

— Le bon abbé Joumel, souffla la sœur ainée.

Paula releva la tête et dit nettement :

— M. Charles de Saint-Èbre.

— Ce choix me paraît excellent, dit le juge de
paix ; en l'absence de tout proche parent, la loi per-
mettant aux amis, dont l'âge et le caractère présen-
tent toute garantie, de remplir les fonctions de tuteur.

XII

Les commentaires allèrent grand train dans la petite ville lorsqu'on y apprit — et cela dès le même soir — l'usage que madame de Brébion avait fait de sa fortune.

Il en fut question, non-seulement dans toutes les familles, mais jusqu'à l'établissement des Bains où la colonie étrangère occupa son désœuvrement de l'histoire des deux orphelines.

Quelques-uns des baigneurs les avaient aperçues et vantaient volontiers la grâce de la plus jeune, sa beauté blonde et son grand air.

On ne parlait guère de l'aînée que pour déplorer charitablement l'effondrement subit d'une dot, qu'elle aurait eu le droit d'espérer, et dont l'absence faisait évanouir à jamais pour elle tout projet d'établissement.

M. Eusèbe Trabois qui avait laissé repartir son père seul, par le train du soir, pour s'accorder le plaisir d'un concert à l'établissement des Bains, était fort entouré, en sa qualité de témoin oculaire.

9.

Quoiqu'il y mit de la discrétion, son attitude seule disait que tout espoir d'avenir était perdu pour les orphelines, dont l'intelligence obscurcie de la marquise n'avait point su prévoir la pénurie.

M. de Momprin, le candidat dont l'élection paraissait en bon chemin, tout en surveillant sa candidature venait régulièrement prendre sa douche le matin et faire son whist le soir.

Entre deux robs il écoutait une romance ou un quatuor.

L'histoire de mesdemoiselles de Béringe le frappa comme un roman. Il n'avait pas été, d'ailleurs, sans remarquer la charmante apparition, glissant, en vêtements de deuil, dans les rues paisibles de la vieille ville.

— Gagner les voix de la bourgeoisie en... écrivant un livre sur la Franche-Comté était une idée heureuse, pensait-il; mais conquérir celles de l'aristocratie en épousant une fille noble serait un coup de maître. Quel dommage!...

Lady Margaret, assise auprès de quelques-unes de ses compatriotes attirées à Salins par la jeune renommée de ses eaux, n'avait compris qu'une chose, c'est que ses petites amies auraient encore bien besoin de son aide dans leur étrange situation.

Elle était, du reste, bien résolue à se mettre plus que jamais au service de leur inexpérience.

Son mari et son beau-frère l'abordèrent pendant le concert.

— Ma chère amie, dit le premier, je viens de recevoir de mademoiselle Paula le plus joli billet du monde.

— Je n'en suis pas surprise : elle a l'intuition de toutes les choses aimables.

— Ce qui prouve que vos « chères sauvages » se civilisent à vue d'œil.

— Que vous mande-t-elle?

— Vous ne le devineriez pas.

— Dites-le-moi; ce sera plus court.

— Elle me prie d'être son tuteur.

— Ah! bah!... mais, au fait, pourquoi non?

— C'est aussi ce que je pense.

— C'est ton grand âge, sourit Maxime, qui lui inspire cette heureuse confiance.

— Son grand âge!... se récria la jeune femme... Raillez, monsieur le cadet!... parce que la nature n'a senti le besoin de votre présence en ce monde que douze ans après la naissance de Charles.

— Voilà la première fois que je me sens satisfait d'avoir cinquante ans, reprit gaiement M. l'aîné des Saint-Èbre.

— Vous devez cela, mon ami, à cette bonne et belle Paula.

— Qui me traite en père,... là, très-carrément.

— C'est vous deviner tout à fait.

— Et me causer une joie sincère.

— Cela me permettra de donner asile à ces pauvres enfants, dit lady Margaret avec effusion.

— D'autant mieux que je vais élargir la place à l'hôtel Saint-Èbre, soupira Maxime.

— Mais tu vas en garnison à Poligny, ce qui ne t'éloignera guère, dit M. Charles.

— Avez-vous vraiment appris depuis peu cette nouvelle destination? interrogea la jeune femme.

— Ce soir.

— Et vous en paraissez ravi.

— Je le crois bien..., il permute pour y arriver, dit le frère aîné d'un air goguenard.

— Vous permutez!... Ah! mon cher Maxime!... pour vous rapprocher de nous!... c'est bien gracieux et bien bon!

Lady Margaret lui tendit la main, non sans un brin de malice. Il la prit avec un léger embarras, comme une conscience droite que trouble un éloge peu mérité.

— Vous aviez un excellent courrier, ce soir, messieurs, conclut madame de Saint-Èbre, je vous en fais tous mes compliments. Mais voici la fin du concert, partez-vous avec moi?

Maxime lui offrit le bras qu'elle accepta pour lui chuchoter d'un air d'amicale raillerie :

— Je vais faire mieux. Pétitionnons en masse pour obtenir à Salins même une garnison de cavalerie en général, et du 3ᵉ dragons en particulier.

— Je n'ai jamais autant aimé ma petite ville, répondit sérieusement le jeune homme.

— Contenant ou contenu?

Elle riait de si bon cœur, quoiqu'à demi-voix, qu'il n'eut pas la tentation de s'en froisser. C'était l'affectueuse gaieté d'une sœur qui devine et comprend le secret qu'on supposait bien enfoui.

— Ne tourmentez donc pas ce pauvre Maxime, intervint M. Charles de Saint-Èbre, surtout au moment où il paraît prendre à la vie de famille un intérêt tout personnel; or, vous savez qu'il était fort récalcitrant sur toutes les questions de ménage.

— C'est peut-être l'exemple de ton heureux choix et le spectacle de ton bonheur qui agissent sur ma cervelle de révolté, riposta l'officier.

Mais lady Margaret souffla bien bas :

— N'est-ce pas plutôt les beaux yeux fiers de Paula de Béringe?

Et quittant son bras, elle vint se suspendre à celui de son mari.

Maxime ne protesta pas, quoiqu'il ne pût contenir un imperceptible mouvement d'épaules.

Dès le lendemain, de bonne heure, M. Charles de Saint-Èbre vint en personne porter à Brébion son acquiescement, qu'il enveloppa de toutes les formules de la gratitude.

— Ma chère garde-malade, dit-il en baisant la petite main de Paula, vous me rendez bien heureux en me donnant enfin l'occasion de vous rendre en protection paternelle une petite partie des soins dévoués que j'ai reçus de vous.

Il ne songeait point alors qu'Étiennette avait eu la grosse part des soins et des fatigues que sa tutelle amicale allait essayer de solder.

Il était dans la destinée d'Étiennette de faire beaucoup et de recevoir peu. Le plus léger effort de Paula, couronné de son rayonnant sourire, soulevait plus de reconnaissance que l'incessant travail d'Étiennette perdu dans son humilité de fille laide.

Peu à peu, lentement, la sœur aînée comprenait cette disgrâce ; mais combien il lui était plus dur de la lire dans une attention de Maxime envers Paula que dans un oubli de M. Charles de Saint-Èbre envers elle-même !

Cependant l'abbé Joumel avait perdu le sommeil. Les jours qui suivirent l'ouverture du testament le trouvèrent plongé dans une méditation si profonde qu'elle touchait à l'absorption ou à l'extase.

Les trois lignes fatales s'étalaient implacablement, sans relâche, devant ses yeux, qu'ils fussent ouverts ou clos, avec leur conclusion sans appel « à charge par lui de l'employer en bonnes œuvres ».

Cette clause, dont son cœur de chrétien se fût si fort réjoui en toute autre circonstance, lui causait en ce moment de cruelles agitations.

Des bonnes œuvres!... certes, il s'entendait en bonnes œuvres, et quand les forces de sa jeunesse lui permettaient l'activité brûlante du prosélytisme, on l'avait vu quêtant pour les pauvres, fondant des confréries de secours, organisant des caisses de malades, ouvrant des écoles et des ouvroirs avec ses modestes ressources grossies des aumônes abondantes qu'il ne rougissait pas de solliciter.

Il avait aussi, en avançant en âge, rangé sous le nom de « bonnes œuvres » les conseils donnés aux faibles, les consolations prodiguées aux attristés, les mains tendues aux défaillants, les faiblesses protégées, les chutes relevées, toutes les misères morales et physiques secourues avec l'inépuisable charité de son cœur.

Mais dans toutes ces situations, si variées, si délicates, il ne voyait point, en les repassant dans son souvenir, l'équivalent de celle qui le troublait à ce point.

En un mot, prendre sur une fortune considérable dont l'emploi est clairement, légalement défini, une somme suffisante pour former une belle dot et assurer l'avenir de deux orphelines, était-ce faire une bonne œuvre ?

Devant cette brûlante question, le pauvre aumônier s'abimait dans un océan d'incertitudes.

La lettre!... oh! certainement, ce n'était pas
accomplir la lettre du testament.

Mais l'esprit!... n'était-ce pas, au contraire, en
remplir fidèlement l'esprit?

Peut-être un caractère plus fortement trempé que
celui de l'abbé Joumel eût-il nettement tranché la
question dans le sens de l'affirmative.

Il avait, lui, une nature douce, un peu timide,
ennemie des grandes résolutions et tout à fait dis-
posée à se noyer dans une difficulté majeure.

Son cœur affirmait qu'il fallait doter les orphelines
avant tout.

Sa conscience déclarait qu'il fallait intégralement
laisser la fortune aux pauvres.

Les jeunes filles n'avaient aucun soupçon de cette
lutte dont elles étaient la cause et dont elles déplo-
raient les effets sans y rien comprendre.

Paula, distraite par ses fréquentes visites à l'hôtel
Saint-Èbre, n'étudiait pas les changements survenus
dans les manières du bon vieillard, comme le faisait
Étiennette attentive autour de lui.

Elle les attribuait aux années, aux projets nouveaux, nés d'une donation inattendue, tandis qu'Étiennette, plus inquiète ou plus clairvoyante, s'alarmait
de cette taciturnité.

Parfois, elle offrait à l'aumônier de faire avec elle un tour de terrasse et tâchait de l'intéresser à quelque plan charitable.

— Vous relèverez Brébion, vous y créerez un asile pour les vieillards, disait-elle.

Il secouait la tête et répondait :

— J'ai mieux que cela à faire, ma chère enfant.

Mais, quand elle demandait timidement quelle était cette première œuvre à entreprendre, il mettait un doigt sur ses lèvres et retombait dans ses pensées.

Aubin Vial, quoique pour des causes bien différentes, n'était plus le joyeux Aubin.

La mort de la marquise, en lui enlevant le prétexte si cher de sa présence au château, le rejetait dans l'indécision douloureuse d'une position à se créer.

Quitter Brébion lui semblait impossible ; y demeurer?... Pouvait-il y demeurer?

La *Légende de Brébion* semblait éteinte avec son instigatrice. Sa plume lourde et maladive n'y pouvait plus tracer que de loin en loin quelques passages sans chaleur.

Où donc étaient passés le beau zèle, l'ardeur souriante de ce travail autrefois tant aimé? de ce travail sur lequel s'étaient si souvent penchées Étiennette et Paula en demandant de leur voix d'or : « Cela marche-t-il, Aubin ? »

Oh! oui, « cela marchait » jadis, quand les ruines étaient l'univers pour Aubin, et pour les orphelines surtout ; car, maintenant encore, l'enfant trouvé oublierait volontiers le reste du monde pour vivre de noix dans sa cellule et de rêves purs sur son rocher.

Depuis, tout avait changé. La vie réelle avait pris d'assaut le vieux manoir. Si l'on y vivait encore comme dans les contes de fée, déjà l'on y sentait comme sentent les gens du monde.

Les gens du monde !... les égoïstes, les incapables, les heureux — il les jugeait ainsi — combien Aubin les détestait ! N'avaient-ils pas gâté ses ruines bien-aimées ?

Un jour, Étiennette, accompagnée de Thibaut, quittait l'hôtel Saint-Èbre où Paula devait passer le reste du jour.

On l'avait bien priée de demeurer aussi. Maxime lui-même, si fort silencieux d'ordinaire, avait joint sa voix à celle de lady Margaret.

La pauvre fille, toute surprise, et surtout toute charmée, n'avait résisté qu'en se répétant avec héroïsme :

— Aubin travaille à Salins, Mariette est aux champs. Notre bon abbé est seul, tout seul avec ses occupations et ses idées noires ; ce serait mal de l'abandonner toute une après-midi ; ce serait imprudent et peu filial. Je dois remonter et veiller sur lui.

Elle était donc partie après avoir expliqué brièvement que l'abbé n'était pas assez bien portant pour se passer de sa présence.

Lady Margaret avait crié à l'exagération, mais Maxime n'avait pas insisté.

Comme elle passait sur le trottoir du Bourg-Dessous où s'ouvre le magasin de librairie le plus en renom de la ville, elle y coula un regard curieux.

C'était en effet là qu'Aubin lui avait dit, le matin même, avoir trouvé une occupation selon ses goûts.

Peut-être allait-elle l'apercevoir dans ses nouvelles fonctions, dont elle ignorait encore le genre.

Elle ne vit pas Aubin; mais son regard désappointé, qu'elle promena sur les vitrines pour cacher sa déconvenue, y rencontra un livre neuf dont l'aspect la stupéfia.

Un beau livre, d'une claire couleur saumon, avec un caoutchouc préservateur enfilé dans la marge et couronné du petit écriteau traditionnel : « Vient de paraître. »

Sur la couverture saumon, se détachait en lettres rouges, agréablement teintées de noir, ce titre alléchant pour les Francs-Comtois : *Étude historique et pittoresque sur la Franche-Comté*, par Alphonse de Momprin.

— Quelle regrettable coïncidence ! pensa mademoiselle de Béringe en attachant ses yeux avides sur le volume.

Combien elle eût voulu en percer le vélin, en parcourir le texte et se prouver *de visu* qu'un étranger n'avait pu se rencontrer avec Aubin, si ce n'est pour l'étiquette !

Tout à côté, le même ouvrage était ouvert, comme pour en faire admirer au public le luxe typographique.

Elle se pencha. C'était le texte !... Oh ! ne rêvait-elle pas ?... Elle lisait à travers la vitre blanche, sur ce livre d'un inconnu, les pensées, les faits, les périodes, qu'elle avait lus, là-haut, dans la cellule de l'enfant trouvé !

Sans plus réfléchir, emportée par l'angoisse, Étiennette entra vivement, bravement, la main tendue vers le livre.

— Qu'est-ce que cela, monsieur ? demanda-t-elle au libraire assez étonné de cette brusque entrée.

Il la connaissait bien, d'ailleurs, et se dit qu'à Brébion on élevait singulièrement les jeunes filles.

— Cela, mademoiselle ?... C'est le nouvel ouvrage de monsieur de Momprin, notre candidat.

— Vous vous trompez, monsieur, c'est l'*Étude* composée et écrite par Aubin Vial.

Ce disant, elle tourna trois ou quatre feuillets,

imprimant son ongle impatient sur l'en-tête des chapitres.

Le libraire sourit discrètement.

— Je ne puis affirmer qu'une chose, mademoiselle, c'est que monsieur de Momprin, l'ayant fait éditer à Besançon, l'a déposé à Salins chez moi, chez mes confrères aussi, et que cette œuvre lui fera certainement honneur et profit.

Étiennette n'avait aucune idée des transactions commerciales en matière de littérature. Sa loyauté se révoltait sans que son esprit pût saisir la source du fait brutal étalé sous ses yeux, au grand soleil de la librairie.

Elle eut le premier mouvement d'impatience qu'elle eût manifesté de sa vie.

— Aubin sait-il cela? Je vais l'avertir... mais, au fait, il est là... Veuillez l'appeler, monsieur, et lui montrer l'abus plus qu'étrange qu'on fait de ses nuits de travail.

Le libraire, pourtant, ne se pressait pas d'obéir : il servait deux ou trois acheteurs que le titre du nouveau livre attirait.

Quand il se retourna vers Étiennette toute rouge de dépit, il eut l'inconsciente cruauté de dire :

— Ça se vend bien. Pour notre petite ville, c'est un succès.

Un succès !.. c'était donc un succès volé au pauvre Aubin?

La souffrance véritable que son doux visage refléta finit par frapper le libraire. Il se reprocha de n'avoir pas compris tout d'abord l'erreur de mademoiselle de Béringe.

— Mademoiselle, expliqua-t-il, il ne m'appartient pas de faire de suppositions sur le compte de mes clients ; mais rien n'empêche de croire que M. de Momprin et M. Vial, tous deux fort honorables et capables de s'entendre, ne soient tombés d'accord sur le fait de cette *Étude* écrite par l'un et signée par l'autre.

— Mais alors, monsieur, ce serait...

— Une vente, mademoiselle.

— Ah !... pauvre Aubin ! tu as vendu tes rêves... tu as vendu ton espérance !

Une voix caressante lui répondit tout bas :

— Étiennette, la marquise mourante avait besoin d'argent.

C'était Aubin, qui, du bureau vitré où il écrivait, avait entendu ou deviné les ardentes paroles de la jeune fille.

Elle ne se retourna pas. Elle avait reconnu et compris le motif. Une grosse larme lui vint aux yeux : son doigt s'incrusta sur le nom d'auteur,

complaisamment jeté, avec une sorte de désinvol-
ture élégante, sur la coquette robe saumon.

— Ah! dit Aubin d'un ton sombre, vous devriez
m'aider à l'oublier, au lieu de souligner le marché.

Elle le regarda, déjà triste de sa peine.

— Pour de l'argent?... murmura-t-elle. Aubin?
c'était donc bien impérieux?

Il se pencha pour dissimuler son secret aux acheteurs qui faisaient la procession.

— Vous souvient-il, Étiennette, de la prescription
du docteur, quand se mourait la marquise?

— Ainsi... c'est pour y satisfaire?

— Il fallait prolonger la vie qui s'éteignait.

— Oh! certes!... mais ta gloire, Aubin?

— Elle était ma bienfaitrice. Je n'avais rien autre
à sacrifier.

Étiennette eut un frisson. La grandeur simple
d'Aubin lui produisit la sensation rapide du sublime
qui passe.

— Pardonne-moi! dit-elle avec élan; tu vaux
mieux que nous, Aubin!

— Non, l'abbé Joumel avait fait mieux.

Il la conduisit à l'entrée du bureau, la fit asseoir
sur la chaise de paille qu'il venait de quitter, et lui
raconta succinctement les petits événements de
cette journée déjà lointaine où, s'il avait vendu son

manuscrit, l'abbé Joumel avait vendu sa tabatière d'or.

Et comme elle restait songeuse, tout émue de ce court récit, il voulut dissiper cette tristesse en lui montrant ce qu'il appelait « son établissement ».

— Voyez, dit-il, je suis ici, depuis ce matin, une façon de personnage. J'ai résolu, pour un temps au moins, le problème de vivre indépendant, comme il convient à un homme de mon âge, et de vous conserver ma protection dévouée, mon service absolu.

« La Providence a soufflé au digne libraire que vous voyez là, si affairé à vendre mon humble prose, ..., de fonder un journal bi-hebdomadaire. Le journal marche, et la candidature de Momprin — ne confondons pas, Étiennette, notre auteur s'appelle *de Momprin* — subventionne pendant quelques mois cette honnête petite feuille qui a nom la *Vigie Salinoise*.

« Le temps manque au directeur-propriétaire-imprimeur-gérant pour rédiger *la Vigie* comme il le faisait jusqu'ici. Il faut soigner la candidature, chanter adroitement les louanges de l'établissement balnéaire, donner de la saveur à la chronique locale et une certaine grâce aux faits divers. On m'a jugé digne de l'entreprise. Félicitez-moi. Je suis quelque chose comme rédacteur en chef aux appointements de soixante francs par mois. »

Il souriait, il semblait heureux, Étiennette lui serra la main sans pouvoir parler.

Quand elle sortit du petit bureau, escortée jusqu'au seuil par le directeur de la *Vigie Salinoise* et son rédacteur en chef, elle regarda sans faiblesse l'*Étude sur la Franche-Comté* de M. Alphonse de Momprin.

Le candidat lui-même entra majestueusement, une liasse de journaux à la main. Il s'inclina devant la jeune fille, dont l'œil interrogateur semblait le pressentir.

Le triomphe éclatait sur ses traits fades qui gagnaient au succès un relief surprenant.

Les yeux verdâtres avaient des rayons qui les embellissaient fort, et tout l'ensemble de cet être peu agréable avait pris un certain agrément.

— La *Patrie*, *Paris-Journal*, le *Gaulois*, la *Liberté*, les voici tous... tous... avec des articles élogieux sur mon livre ! s'écria-t-il en brandissant le paquet de journaux.

Il disait « mon livre » avec une surprenante facilité, même en regardant Aubin.

— Mon cher, il faut me reproduire les meilleurs... un aujourd'hui, les autres samedi et mercredi prochains dans la *Vigie Salinoise*. Vous sentez bien que lorsque les journaux parisiens s'en mêlent, les journaux de province doivent donner de la voix. J'ai, du

10

reste, le *Bien public*, la *Côte-d'Or*, la *Sentinelle du Jura*, le *Courrier Franc-Comtois* et tous les autres... voyez plutôt. Un concert, messieurs, un concert !

C'était vrai. D'un doigt mélancolique, Aubin feuilletait les journaux. L'éloge était partout. L'*Étude historique et pittoresque sur la Franche-Comté* avait rencontré dans les rédactions parisiennes et provinciales autant de panégyristes que de lecteurs.

Peut-être y avait-il un peu de complaisance, un peu de vénalité. Ce sont là les secrets du journalisme et de la librairie mêlés.

En fait, cette *Étude* tant chérie du pauvre Aubin n'était pas une œuvre banale.

Cela lui serrait étrangement le cœur de parcourir ces louanges, ces critiques indulgentes qu'il aurait pu recueillir pour son propre compte après les avoir méritées par un long travail.

Étiennette se courba sur les journaux et, sans y être invitée, se mit à lire aussi ce qu'elle regardait comme le bien de son ami.

Ce mouvement parut flatteur à M. de Momprin, qui esquissa son plus séduisant sourire.

— Suis-je assez heureux, mademoiselle, pour que ces articulets vous inspirent quelque désir de lire l'œuvre tout entière ?

— Je la connais, monsieur, répondit nettement Étiennette. Voici plusieurs mois déjà que j'en ai félicité M. Aubin Vial.

— Étiennette! dit Aubin mécontent.

Le candidat parut désarçonné d'abord; mais se remettant très-vite, en homme qui sait tout entendre:

— En ce cas, mademoiselle, je suis très-fier de m'être rencontré avec vous dans la juste appréciation d'une ébauche littéraire, à laquelle il ne manquait plus que la retouche d'un homme du monde pour lui donner toute sa valeur.

Il salua comme pour clore l'incident, et, se retournant vers le directeur-propriétaire-imprimeur-gérant de la *Vigie Salinoise*:

— Vite mon article, monsieur, il n'est que temps. Le journal ne peut pas paraître ce soir sans un article spécial sur l'*Étude historique et pittoresque,* qui doit précéder l'analyse que les journaux parisiens me consacrent.

— Un article spécial? fit le libraire embarrassé, dont le regard chercha son nouveau rédacteur; mais alors, ce ne peut être que M. Vial lui-même...

— Ce sera moi, sourit vaillamment Aubin. Soyez sans inquiétude, monsieur, l'article ne sera point long à écrire. Vous m'accorderez bien que le sujet m'est connu

M. de Momprin, dissimulé dans un journal, ne répondit pas.

— Adieu, Aubin, tu as vraiment du cœur! murmura mademoiselle de Béringe en se retirant.

XIII

M. Maxime de Saint-Èbre rejoignit, deux jours après, son nouveau régiment à Poligny. Il ne paraissait avoir aucun motif sérieux pour quitter le 3e dragons et pas beaucoup plus pour choisir le 9e.

Quoique attaché à son pays par les liens très-forts dont les Jurassiens s'honorent d'ordinaire, il avait jusqu'alors porté très-allégrement des absences de plusieurs années.

On ne l'avait même vu que rarement revenir au logis paternel dont avait hérité son frère aîné.

Le mariage de M. Charles, très-brillant et qui fit grand bruit, semblait avoir déplu au cadet des Saint-Èbre.

Plus il rendait hommage au caractère positif, honnête et bon de lady Margaret, plus il s'étonnait que des amis communs eussent pu mener à bien cette union.

— Tu n'étais plus jeune et tu n'étais pas riche, dit-il un jour à son frère.

Celui-ci répondit avec bonhomie :

10.

—Je ne le savais que trop. Il paraît qu'on persuada ma chère Margaret que rien n'était distingué comme d'épouser un gentilhomme français, et que la vraie grandeur, quand on était riche soi-même, consistait à faire choix d'un mari aussi pauvre que noble.

— C'est là un exemple tentant, mais dangereux. Je ne le suivrai pas.

— Oh! toi... tu ne veux pas te marier.

— C'est vrai.

Depuis cette conversation, qui datait au moins de la naissance du petit Edward, Maxime n'avait fait aucune allusion à ce qu'il appelait, peut-être trop sévèrement, une union disproportionnée.

De loin en loin, il consacrait quelques jours à son frère et reprenait la vie de garnison.

Quoiqu'il parlât peu, le soudain amour dont il semblait ressaisi pour les montagnes lui attira une grêle de questions et de plaisanteries de la part de sa belle-sœur.

Il se défendit mal ou même ne se défendit pas du tout, sa nature sereine acceptant volontiers une méprise plutôt qu'une discussion, et dédaignant d'expliquer ce que sa conscience jugeait bon.

Fidèle à ses habitudes de mutisme, il fit ses adieux aux deux orphelines sans témoigner plus que de raison le regret de les quitter ni de les revoir bientôt.

Lady Margaret imaginait pourtant que ces adieux serviraient de prétexte au commandant pour laisser entendre à Paula... mais, sans doute, le deuil était trop récent chez la jeune fille et la vocation conjugale trop neuve chez le silencieux officier.

Étiennette eut, peu après, le chagrin assez vif de voir Paula se détacher visiblement, quoique par légers degrés, de l'existence morne de Brébion.

Depuis la mort de la marquise, si la compression n'existait plus, la monotonie restait la même, la pauvreté dominait toujours.

La jolie Paula n'avait pas impunément traversé la petite ville que le désœuvrement des baigneurs remplissait d'une animation joyeuse.

Elle avait entendu sur ses pas de flatteurs murmures et prenait goût à cet encens frelaté dont une nature plus délicate eût bien vite démêlé l'alliage.

Elle respirait à l'aise dans l'aristocratique milieu de la société salinoise qu'elle rencontrait chez lady Margaret.

Ce n'était ni très-gai ni très-brillant; mais c'était la vie, le monde vu par le petit bout de la lorgnette, et sa vanité se réjouissait d'y tenir une place.

Là-haut, dans les ruines, l'abbé Joumel méditait, Étiennette travaillait, Aubin, qui ne remontait que le soir, se plongeait dans la lecture. On n'entendait que le rouet de Mariette ou le chant rustique de Thibaut.

Paula jugeait que cette mortelle existence devait prendre fin, et, pour y arriver sans secousses trop rudes, elle prenait peu à peu ses habitudes, ses plaisirs et son logis chez lady Margaret.

Étiennette s'effraya trop tard de ses tendances. Dans son indulgence presque maternelle, elle avait cru bien faire en livrant sa jeune sœur aux consolations de sa nouvelle amie, réservant pour elle-même les travaux d'intérieur, les préoccupations et les responsabilités.

— Quelques jours encore, pensait-elle, et Paula me reviendra toute reconnaissante, heureuse de partager encore avec moi les soins que nous devons au cher vieil abbé.

Combien elle se trompait ! Paula n'éprouva aucune reconnaissance pour cette détente prolongée, ni le désir de venir reprendre le faix monotone de la vie commune.

Chez son tuteur, on l'aimait, on la fêtait. Paula n'avait pas le cœur assez large pour se refuser à une sorte d'ovation intime et journalière que sa sœur ne partageait pas.

Certes, lady Margaret, très-bonne au milieu de son positivisme britannique, eût été charmée d'entraîner Étiennette dans un genre de vie plus souriant. Toute sa politique affectueuse avait échoué devant l'inexorable bon sens de cette sérieuse jeune fille.

Sans en prendre de dépit, madame de Saint-Èbre s'était découragée, déclarant à son mari que sa jolie pupille était décidément mille fois plus sociable et plus attachante que « cette sage et pas belle Étiennette, si douce, mais si entêtée ! »

Étiennette devina bien que sa résolution fière et dévouée de demeurer à Brébion lui aliénait un peu le cœur de la jeune Anglaise.

Elle en éprouva plus de chagrin qu'elle ne crut devoir en montrer, car il eût été cruel pour l'aumônier, auquel elle consacrait maintenant les filiales attentions de son cœur, de deviner quels regrets en pouvaient naître.

Le vieillard, que la perte de la marquise et surtout sa bizarre donation avaient affecté profondément, ne vivait guère que par les soins constants de « sa petite élève ».

Quand elle descendait à Salins, il était inquiet ; quand elle tardait à remonter, il tremblait de l'avoir perdue.

Il ne soupçonna jamais les sollicitations dont elle avait été l'objet pour accepter l'hospitalité de l'hôtel Saint-Èbre. Il ne les aurait que trop comprises, et ses jours déclinants eussent été agités d'une crainte incessante.

L'absence continuelle de Paula ne lui causait, au contraire, qu'une très-légère privation. Cette gaieté de la dix-neuvième année, longtemps comprimée, et qui menaçait de devenir exubérante, fatiguait vite son esprit et jusqu'à ses oreilles.

Dans le grand silence des ruines, la voix douce d'Étiennette avait un charme sans pareil.

Svelte et gracieuse dans ses habits de deuil, les boucles au vent, la traîne égratignant les ronces, le teint clair redoutant le soleil, Paula, vivante antithèse, semblait blâmer, par sa seule présence, la vie monacale de Brébion.

Quand Étiennette promenait à pas lents, soutenant son vieux maître sur la terrasse, simple et bonne, aimant les pierres effondrées, et peut-être aimée des pierres, le cœur de l'abbé se fondait en actions de grâces puisque la chère petite lui restait.

Dans ses nuits d'insomnie, il avait mûri son grand projet, résolu des questions graves, et fait plus de casuistique en deux mois qu'il n'en fit jadis en de longues années.

Car il se sentait faible, âgé, et ne voulait pas mourir, comme la marquise, sans avoir songé aux chères enfants.

Du reste, il s'était entouré de lumières. On l'avait vu, soutenu par Aubin, faire le voyage de Besançon tout exprès pour consulter un saint évêque, son ancien supérieur, dont les conseils eurent une influence décisive sur sa détermination.

Ce fut dans la semaine qui suivit son retour de Besançon que l'abbé Joumel réunit tous les habitants de Brébion, un matin, dans la chambre de la défunte marquise, que l'on conservait intacte avec un respect religieux.

Le bon abbé avait d'ordinaire trop de mansuétude dans la voix et le regard pour être tout à fait imposant. Son entourage fut donc surpris de l'air de dignité répandu sur son visage, dont toute trace d'angoisse morale avait disparu.

Depuis qu'il avait trouvé la route, son esprit planait dans la paix.

Les jeunes filles, qui connaissaient ses incertitudes et ses doutes de conscience, se dirent aussitôt par un muet sourire : « Il a trouvé. »

Aubin le pensait aussi, et jusqu'à Mariette. Thibaut, lui, se donnait trop rarement la peine de penser pour prendre jamais celle de rien remarquer.

— Mes enfants, dit l'aumônier sans aucun préambule, j'ai beaucoup réfléchi et beaucoup prié depuis l'ouverture du testament de notre chère dame et bienfaitrice à tous. Des lumières plus hautes que mes faibles connaissances m'ont montré la route, m'ont fait lire, en quelque sorte, entre les lignes de ses

dernières volontés. Nous n'avons pas attendu jusqu'à
ce jour pour commencer à répandre des largesses en
son nom. Mais d'aujourd'hui seulement vont dater
les véritables bonnes œuvres dont elle m'a laissé la
charge.

« Au premier rang de ces bonnes œuvres, il est
permis de placer votre dot, mes chères filles, ton
établissement, Aubin, une petite fortune pour votre
vieillesse, Mariette et Thibaut.

— Ah! bien! ça, monsieur l'aumônier, c'est chrétiennement parlé! s'écria la paysanne dans un trans-
port de joie que son mari ne partagea pas tout de
suite, faute de comprendre.

Mais quand il eut compris!... ce fut un concert
assourdissant, la basse taille de Thibaut se joignant
avec énergie au fausset de Mariette.

Aubin avait rougi. Étiennette passa le revers de
sa main sur sa joue froide.

Paula, assise tout près du vieillard, lui sourit
comme pour l'encourager à préciser des chiffres.

Elle était celle des deux sœurs sur qui la civilisation mordait le mieux.

— J'ai pris conseil, je vous l'ai dit, reprit le vieillard; les hommes comme moi n'entendent rien aux
affaires mondaines. Je ne savais guère plus ce qu'une
fille noble devait avoir de dot. On m'a dit qu'il la
fallait énorme pour plaire au monde. Mais nous, mes

enfants, nous voulons d'abord plaire à Dieu. Vous aurez chacune cent mille francs.

Le sourire de Paula s'accentua.

— Toi, Aubin, qui aimes le travail et les livres, tu emploieras vingt-cinq mille francs à t'organiser une carrière active ou une bibliothèque et des moyens d'étude, à ton choix. Vous, Mariette et Thibaut, vous pourrez acheter à la ville une maisonnette de cinq mille francs et en placer dix en rentes sur l'État. Cette somme de deux cent quarante mille francs prélevée, nous appliquerons cinq cent soixante mille francs à la fondation d'un hospice, de deux écoles et d'une maison de refuge.

Il y eut une minute de profond silence après le petit discours de l'aumônier. Mariette elle-même se taisait, suffoquée de bonheur sans doute.

Étiennette demanda paisiblement :

— Et vous, monsieur l'abbé? Vous n'avez oublié que vous?

— C'est vrai, dit-il naïvement. Il me semblait que j'avais encore la couple de cent francs que la bonne marquise m'avait promis pour mon aumônerie et qu'elle ne put me donner longtemps.

— Il faut penser à vous, continua mademoiselle de Béringe.

— Je veux bien, si vous croyez que c'est indispen-

11

sable. Ne pensez-vous, pas que dix mille francs suffiront?

— Oh! voulut protester Aubin en face de ce prodigieux désintéressement.

— Laisse, dit Étiennette à voix basse, les saints vivent de peu.

— Tout ceci bien établi, mes enfants, nous allons procéder, avec l'aide de maître Trabois, à nos règlements de compte, et puis, vite, vite, notre hospice : les vieilles gens et les malades n'ont pas le temps d'attendre.

Étiennette fit alors un pas vers l'aumônier, lui baisa la main avec un respect filial dont le reflet illuminait son front, et, de sa voix d'or :

— Non, cher maître, tout n'est pas établi, en ce qui me concerne du moins, comme l'a désiré votre paternelle prévoyance. Je n'ai nul besoin de dot, ne devant pas me marier : je ne puis donc l'accepter.

— Pas vous marier... pas vous marier... répéta l'abbé d'un air ébahi; qu'en savez-vous, ma chère fille?... Ces sortes de choses arrivent quand on y songe le moins.

— Pas pour une fille laide! murmura Étiennette, si bas qu'Aubin seul l'entendit.

— En attendant qu'un mari vous plaise, vous ferez de cette petite fortune l'usage qui vous paraîtra bon.

— Accepte, dit Paula ; cela est tout naturel.

— Acceptez, souffla Aubin, ce don est honorable.

Mais Étiennette secoua sa tête pâle.

— Je n'accepterais qu'une chose au monde, reprit-elle en s'animant, c'est peut-être celle qu'aucun
de vous ne désirerait. Elle n'a d'autre valeur que
celle du souvenir et d'autre destination que de disparaître. Voulez-vous me la donner, cher maître, en
échange d'une dot ?

— Qu'est-ce donc, ma fille ? demanda l'abbé surpris.

— Ce sont les ruines.

Aubin tressaillit d'étonnement. Paula réprima trop
tard un mouvement d'épaules qui en disait long sur
le parfait dédain qu'elle ressentait pour les vieilles
pierres.

— Elle n'est point semblable aux autres. Elle a le
cœur haut !... c'est un vase d'élection ! pensait l'aumônier.

Puis à haute voix :

— Brébion est à vous, ma fille.

— Ce n'est pas moi qui aurais fait l'échange, chuchota Mariette à Thibaut.

Paula s'approcha, rayonnante, pour remercier le
vieillard. Elle comprenait vaguement que cent mille
francs devaient la rendre plus jolie.

Vint le tour d'Aubin.

— Monsieur l'aumônier, dit-il, l'enfant trouvé, recueilli par la marquise, n'a droit à aucune parcelle de son héritage; il n'est ni de son sang, ni de son rang. Pourtant, la somme trop importante que vous lui réservez, il l'accepte pour s'en faire une position. La position faite, les pauvres rentreront en possession de ce que je veux regarder toujours comme un prêt.

— Va et travaille, mon fils, répondit l'abbé.

Mariette et Thibaut, gênés dans l'épanchement de leur joie, s'étaient envolés hors de cette chambre, sorte de sanctuaire où l'on ne pouvait pas rire à son aise de bonheur, ni crier de reconnaissance.

L'abbé retint Aubin pour écrire à Me Trabois d'avoir à lui envoyer cent cinquante mille francs dont il avait trouvé l'emploi, sans songer, tant était complet l'oubli des affaires d'argent où l'on avait vécu à Brébion, que rien ne pressait de déplacer des capitaux en rapport.

Mais le saint homme éprouvait le désir de remettre au plus tôt la dot de Paula entre les mains de son tuteur, lequel n'avait jusqu'alors absolument rien à administrer.

Il n'était pas moins empressé de mettre Aubin à même de devenir un homme utile, et de faire de Mariette et de Thibaut des propriétaires rentiers.

Cela fait, avec quelles délices il se consacrerait à

son hospice, à sa maison de refuge, à ses écoles, à ses aumônes! Vivrait-il assez pour accomplir tout ce qu'il rêvait?

Le soir, quand une lune claire baigna de flots transparents la montagne et la ville, les toits rouges, les pignons aigus, les clochers, les forts, les rochers et le vieux château, Étiennette ouvrit sa fenêtre immense, où son corps frêle se perdait.

Le lierre gigantesque y enroulait ses flexibles traînes; au pied des murailles, c'était le lierre encore; par delà les remparts, le lierre toujours, qui descendait en cascade, enroulant les moellons dans leurs replis, soutenant sur l'abîme les pierres détachées que le vent de la nuit balançait mollement dans leur fragile berceau.

— Je suis comme le lierre, pensait Étiennette. J'aime, je m'attache, je vis, je mourrai peut-être où ce lierre a vécu. O mes ruines!... mes chères ruines!... vous êtes à moi, désormais. C'est ma part d'héritage... choisie, demandée, obtenue. Je vous garderai toute ma vie. Il me semble que vous m'aimez; vous m'avez vue si petite! Au milieu de votre délabrement, je me sens moins laide, moins seule. Seule!... je le serai bientôt. Laide... je le serai toujours. Laide!... j'ai entendu cela... je l'ai compris. Il paraît qu'on laisse volontiers dans la solitude les jeunes filles qui sont ce que je suis. Mes ruines seront

mes amies. Elles aussi, on les dédaigne. Les baigneurs disaient l'autre jour : « C'est Brébion, cette
vieille machine effondrée ! » Aubin prétend que ces
baigneurs sont bien prosaïques, mais lady Margaret,
qui est d'un pays romanesque, n'aime pas Brébion
non plus. Et Paula !... comme elle est heureuse d'en
descendre ! .. Aubin aime-t-il mes ruines ?... Oui,
Aubin aime tout ce que j'aime, c'est une habitude
d'enfance.

Tout là-bas, dans l'amoncellement des maisons
endormies, la lune piqua d'un point vif une girouette
de fer qui surmontait un toit d'ardoise.

— M. de Saint-Èbre apprendra quelque jour que
j'ai préféré des pierres noires à une dot sonnante...
Comprendra-t-il que l'argent est peu pour qui n'espère rien ?... Ne se méprendra-t-il pas sur le sentiment qui me porte à m'ensevelir toute jeune et déjà
découragée ?... Ne dira-t-il pas : « Elle est folle ! »
après avoir dit déjà : « Elle est laide ! » Mon
Dieu ! quand notre pauvre chère bienfaitrice vivait,
j'ignorais qu'un joli visage fût nécessaire pour être
heureux. Je n'enviais rien de la vie. A la ville, en
riant, les passants vous brisent le cœur, et... quand
on cherche la vérité dans un regard ami, on n'ose
pas comprendre ce que dit ce regard. M. de Saint-
Èbre a les yeux profonds.

On se tromperait extrêmement si l'on supposait

que la profondeur des yeux de M. Charles eût jamais été remarquée par Étiennette.

Il s'agissait donc des yeux de Maxime et surtout de son opinion, quand elle disait : « Monsieur de Saint-Èbre... »

XIV

Lady Margaret ne se gêna point pour déclarer l'abbé un homme bien inspiré et Étiennette une fille romanesque.

Ce fut M. Charles de Saint-Èbre, pourtant, qui blâma le plus la résolution mystérieuse de l'aînée des deux sœurs.

— Mademoiselle Étiennette, lui dit-il un jour en lui prenant la main, vous me croyez votre ami, n'est-ce pas? Eh bien! votre ami n'approuve pas un abandon si complet. La vie n'est point un rêve. C'est quand on en a parcouru par moitié, comme moi, le rude chemin, qu'on en apprécie les trop rares faveurs. Vous avez dédaigné celles qui venaient à vous. S'il en est temps encore, revenez sur un premier mouvement très-noble et très-illogique.

— Illogique!... répéta-t-elle douloureusement.

— Pouvez-vous m'en expliquer le motif? peut-être mon expérience saurait-elle le combattre.

— Merci de votre intérêt, cher monsieur. Je suis aussi heureuse de savoir Paula à la tête d'une petite fortune que satisfaite de me sentir sans dot, absolument sans dot.

— Cependant... c'est justement pour vous... commença lady Margaret avec plus de vivacité que d'à-propos.

— ... Qu'il en faudrait une, n'est-ce pas, madame? acheva mademoiselle de Béringe avec un sourire décoloré.

— Je ne voulais pas dire... vous comprenez bien...

— Eh! si fait, vous pensiez cela, et vous auriez raison, si je voulais changer d'existence; mais la mienne me plaît ainsi.

— Encore faut-il vivre, matériellement parlant, objecta M. Charles avec un brin d'humeur.

— Vivre?... mais nous vivions tous sur Brébion et de Brébion. Maintenant que tous les habitants en sont riches et que toutes les récoltes en sont à moi, à moi seule, songez donc, monsieur, que je vais être propriétaire, châtelaine et bientôt capitaliste.

Elle s'efforçait de rire et détournait si spirituellement la conversation que les tentatives infructueuses du tuteur de Paula ne se renouvelèrent bientôt plus.

Madame de Saint-Èbre se donna le plaisir d'écrire cet invraisemblable désintéressement tout au long à son beau-frère. Et puis, c'était une occasion légitime d'annoncer en même temps la jolie dot dont Paula de Béringe allait orner sa noblesse et sa beauté.

11.

Et la jeune Anglaise avait quelque motif de supposer que cette dernière nouvelle aurait quelque influence sur la taciturnité de l'officier de dragons.

Celui-ci, sans montrer une surprise exagérée, parut charmé de la « bonne œuvre de l'aumônier ».

« Il a prouvé, écrivait Maxime, que ses idées sont aussi larges que son cœur, et que sa piété est aussi éclairée que sa conscience est droite. Ce qu'il vient de faire est l'action d'un saint prêtre et d'un homme d'esprit, deux choses compatibles au plus haut degré et bien admirables quand on a la bonne fortune de les trouver réunies. »

Maxime envoyait brièvement ses compliments à mesdemoiselles de Béringe, compliments collectifs qui désappointèrent quelque peu lady Margaret.

Féliciter Paula, rien de plus naturel; mais féliciter Étiennette!...

Peu de jours après, le commandant vint passer ingt-quatre heures à Salins. Si rapide que fût son apparition, il ne se dispensa point d'une visite à Brébion.

— J'avais besoin, dit-il à l'abbé Joumel, de venir vous serrer la main.

Étiennette lui fit les honneurs du château avec une grâce attristée. Elle semblait être à la fois fière et confuse d'être traitée en châtelaine des ruines par ce premier visiteur, le seul peut-être dont la muette approbation lui fût précieuse.

Elle le reconduisit le long de la terrasse, jusqu'au point où s'ouvre, dans le rempart éboulé, le sentier de la montagne.

Ils ne parlaient plus. Les banalités de la conversation s'éteignaient d'elles-mêmes en face de ce point de vue grandiose.

Sur le mamelon pierreux, là-bas, d'autres ruines sollicitaient le regard : celles du fort de Braccon, bâti par Vauban, et dont les pierres servent aux habitants pour enclore leurs jardinets.

Saint Claude, que tout le Jura révère, y naquit en 607. Quelques siècles encore, et Braccon, comme Brébion, tombera dans un oubli, dans un silence éternels. Mais les ruines où naquit saint Claude recevront encore, dans les siècles à venir, de nombreuses générations de pèlerins.

— Vous êtes entourée de souvenirs religieux, dit Maxime en promenant sa main étendue des hauteurs de Braccon à celles du fort Belin qui lui fait face.

— Saint Anatoile après saint Claude, sourit-elle.

— En savez-vous la légende, mademoiselle?

— De saint Anatoile?

— Oui; de ce fils d'un roi d'Irlande qui se fit ermite dans les solitudes de la montagne de Belin.

— Je ne sais pas. Mon grand conteur de légendes a oublié de me la dire.

— Quel est donc votre grand conteur de légendes?

— Aubin.

— Ah! fit l'officier d'un air étrange. Il a donc eu le plaisir de vous initier à l'histoire de notre pays?

— C'est un savant, monsieur, dit naïvement Étiennette.

Il la regarda et s'arrêta sur la crête du rempart. On eût juré qu'il cherchait quelque honnête prétexte pour prolonger un entretien où il était au moins autant question des habitants du ciel que de ceux de la terre.

— Voulez-vous, pour une fois, que je remplace votre conteur, mademoiselle?

La proposition était si étonnante dans la bouche discrète de Maxime qu'Étiennette en sursauta.

— Oh! bien volontiers, monsieur, répondit-elle.

Elle s'assit aussitôt sur un fragment de créneau. Il resta debout, sérieux, les yeux fixés sur elle, ces « yeux profonds » qu'elle connaissait bien.

— Mademoiselle, dit-il, voici la légende. A l'en croire, l'ermite Anatoile descendait parfois de sa solitude par un souterrain, dont les éboulements successifs ont obstrué l'entrée, jusque dans les profondeurs de la *Saline,* pour y chercher un peu de

.feu, luxe rare qu'il se donnait seulement aux jours de grandes fêtes.

« Les ouvriers sauniers raillaient sa robe d'anachorète, sa contenance modeste, ses pieds nus, et lui refusaient impitoyablement l'étincelle qu'il venait humblement leur demander.

« Un jour pourtant, ils consentirent à lui donner quelques charbons allumés, à la condition que l'ermite les emporterait dans un coin de sa robe de laine.

« Le saint remercia, prit les charbons, les déposa sur l'étoffe et remonta lentement dans son ermitage, sans qu'un seul brin de laine se ressentit de ce voisinage incandescent.

« Mais, si l'ermite y gagna la célébrité, il y perdit sa robe ; car les ouvriers de la *Saline,* qui l'avaient suivi, s'en partagèrent les lambeaux dans l'élan d'une admiration plus enthousiaste que prudente. »

Il se tut. Elle avait écouté avec toute son âme, prompte à saisir le sens caché de toutes choses.

Emportée par un sentiment dont elle n'avait pas conscience, elle murmura doucement :

— La Providence met aussi parfois des charbons brûlants sous nos pas... mais il faut être un saint pour oser les relever dans sa robe.

Maxime sourit gravement, comme charmé d'avoir trouvé un auditoire si apte à recueillir les leçons de morale que chaque légende porte en elle, à la façon d'une coquille amère d'où s'échappe le fruit savoureux.

Un nouveau silence se fit entre eux. Vraiment, tout prétexte manquait à Maxime pour étendre à d'autres récits l'attention que lui prêtait Étiennette.

Toujours assise, le coude sur les genoux et la tête pensive dans sa petite main, mademoiselle de Béringe écoutait encore le timbre sonore et doux qui parlait si bien du temps passé, mieux qu'Aubin même ne savait le faire.

Ses idées, à lui, semblaient avoir pris un autre cours. Le calme profond, la sérénité majestueuse de ces hauteurs, l'imposante aridité des rochers et des ruines formaient un cadre austère à la fille laide, si noble et de si grand cœur.

A voix basse, Maxime demanda :

— Et vous serez heureuse, ici ?

— Autant qu'on peut l'être dans la solitude.

— Ne vous effraye-t-elle pas un peu ?

— La solitude est bonne quand on n'espère... et ne désire rien.

— Mais pourquoi ce grand découragement ?

— Dites plutôt, monsieur, pourquoi cette résignation ?

— Qui donc vous a donné cette science précoce ?

— Un personnage qui ne s'en doute guère.

— Et qui en serait, sans doute, bien malheureux
s'il l'apprenait?

— Cela lui importerait fort peu, j'imagine.

— Quel est donc cet être dépourvu de cœur...

— Mais pourvu de jambes immenses.

— Qui s'est permis...

— Oh! bien involontairement.

— Mais encore...?

— C'est le fils de votre notaire et du nôtre.

— Eusèbe Trabois!

— Lui-même.

— Ce garçon insignifiant et prétentieux?

— ... Dit des vérités cruelles.

Maxime eut un mouvement d'impatience.

— A vous, mademoiselle?... Il a osé?

— A moi, non. A propos de moi, oui. Il n'a dit
que deux mots, mais de ces mots qui portent avec
eux une lueur.

— Ah! combien je suis près d'être indiscret!... je
voudrais les connaître, ces mots que vous interpré-
tez peut-être mal.

Très-simplement, Étiennette répondit à ce désir.

— Les voici, dit-elle. Il y a quelque temps de cela.
Me Trabois, qui savait la marquise plus riche que
nous ne le supposions, disait un soir à son fils, à
cette même place où nous sommes : « Comment
trouves-tu cette jeune fille?... la brune?... — Laide.

— Mais elle aura peut-être quatre cent mille francs.

— Alors, c'est bien différent, je l'aurai mal regardée. » Ce fut tout, et cela me suffit. Voilà pourquoi
j'aime la solitude.

Étiennette avait bien jugé Maxime. Elle était sûre,
en lui racontant ce petit fait, gros pour elle de conséquences et de déceptions, que l'officier, plein de
délicatesse, ne se jetterait ni dans les louanges, ni
dans les banalités.

Il était digne d'entendre une jeune fille de sa valeur raisonner avec dignité des sentiments égoïstes
que le monde préconise comme une sagesse de
plus.

Maxime n'eut, en effet, ni protestations ni compliments à lui adresser. Un regard attendri tomba
de ses yeux calmes sur cette douce enfant qui parlait
de sa disgrâce physique sans amertume ni regrets.

Les trente-huit années, qui semaient quelques
brindilles argentées dans sa chevelure brune, lui
donnaient sur les vingt ans d'Étiennette comme un
reflet de protection paternelle.

Elle se leva, et d'un ton plein de vaillance :

— Vous voyez que les vérités dures sont nécessaires à entendre.

— Je vois surtout que les jeunes messieurs niais
sont plus nombreux que les grains de sable de la
mer, répondit-il en la saluant.

— Je vous assure, fit-elle en lui rendant gaiement son salut, que je n'ai nulle rancune envers ce prévoyant M. Eusèbe.

— Je suppose, au contraire, que vous en avez quelque pitié.

Cette dernière phrase fut jetée du sentier, entre les moellons et les lierres, comme un adieu.

En la recevant de loin, souriante et consolante, Étiennette ressentit la grande joie d'être comprise pour la première fois dans son énigmatique renoncement.

XV

Maxime fut accueilli à l'hôtel Saint-Èbre par deux grosses nouvelles.

M. de Momprin était élu député du Jura à une suffisante majorité.

M. de Momprin demandait la main de Paula de Béringe.

Son succès électoral l'avait décidé à triompher sur un terrain plus intime.

S'il n'était ni jeune, ni positivement séduisant, au moins était-il un homme politique.

Son volume sur la Franche-Comté avait fait grand tapage et ramené bien des voix hésitantes.

Une jolie femme ambitieuse estimerait peut-être qu'un mari député, littérateur et bien pensant, n'était point à rejeter.

La beauté de Paula toute seule, et telle que le Seigneur l'avait placée sur cette tête charmante et frivole, n'aurait pas déterminé ses préférences.

La récente résolution de l'abbé Joumel y vint ajouter un attrait positif.

Le matin même M. Charles de Saint-Èbre avait reçu l'ouverture la plus catégorique à cet égard.

Lady Margaret en parut vivement contrariée, tandis que Paula paisible, presque impertinente, plaisantait fort agréablement sur les mérites du nouvel élu.

Un prétendant dont on plaisante n'est qu'un prétendant sans avenir.

— Le refuseriez-vous, ma chère? s'écria lady Margaret avec le vif désir de recevoir une réponse affirmative.

— Je m'en garderai bien, dit la rieuse. Pour la première fois que m'arrive un pareil honneur, j'en veux avoir les bénéfices. Cela pose. Une quinzaine de réflexions... est-ce suffisant pour obéir aux convenances?

— Sans doute, répondit le tuteur.

— Alors, reprit la pupille, j'ajourne M. le député à la fin du mois pour entendre son arrêt.

Elle riait; elle était rose, animée, ravissante. C'était un vivant pastel que cette blonde fille au teint nacré.

La jeune Anglaise pensait avec humeur que son beau-frère était bien maladroit de faire une aussi longue visite à Brébion quand l'hôtel Saint-Èbre offrait une séduction bien autrement puissante.

A ce moment même, Maxime rentra, l'esprit tout

rempli d'un intérêt d'ami et de chercheur pour la solitaire de Brébion.

Étiennette lui semblait à la fois une âme candide et un problème inexpliqué.

Comme contraste, il retrouva, dès son entrée dans le salon, la grâce piquante et la franchise étudiée de Paula.

La jeune fille, instinctivement coquette, excellait, depuis son initiation à la vie mondaine, à mettre en lumière les dons plus brillants que solides dont elle était parée.

Nulle mieux qu'elle ne savait donner toute sa valeur à une toilette de deuil, souligner un sourire, incliner un front couronné de cheveux d'or et montrer une main de reine en paraissant la cacher.

Ce joli manége, qu'elle déployait envers tous les habitués de l'hôtel Saint-Èbre, ne pouvait manquer d'attirer à la plus jeune des orphelines tous les hommages qui fuyaient l'aînée.

Maxime seul résistait au charme, et lady Margaret, que ce mariage eût comblée de joie, comptait bien y convertir son « frère révolté ».

Ce soir-là, dans le but louable de hâter cette conversion, elle ne se fit point scrupule de glisser dans l'oreille de l'officier la confidence de la demande en mariage que M. de Momprin se hâtait de coudre à son heureuse élection.

A sa grande satisfaction, cette confidence parut désagréable au commandant de dragons, qui s'absorba jusqu'à l'heure du thé dans une nuageuse méditation.

Madame de Saint-Èbre lui fit observer que sa compagnie n'était rien moins que gracieuse, quand il ne daignait pas communiquer aux siens les trésors de son observation.

Il prit l'attaque avec bonne humeur, fit un effort pour se prêter à la conversation, réussit à surmonter sa léthargie et permit à Paula de supposer qu'elle avait eu le don de l'apprivoiser.

Lady Margaret s'endormit avec le caressant espoir que dès le lendemain peut-être elle pourrait attirer Paula dans ses bras en l'appelant sa « bonne petite sœur ».

Quand après le déjeuner du lendemain, Maxime prit paisiblement congé d'elle et de tous pour retourner à Poligny, la jeune femme fut bien contrainte de reculer au premier voyage du commandant la réalisation de ses rêves fraternels.

L'abbé Joumel accueillit avec une faveur marquée l'ouverture que M. de Saint-Èbre eut le bon goût de lui transmettre le même jour, concernant le député.

Les petites transactions littéraires du nouvel élu lui étaient encore complétement inconnues. Son passé n'offrait rien de saillant ni en bien ni en mal ;

mais son présent était honorable, et son avenir pouvait être beau.

Son caractère n'était pas facilement appréciable. Ses ennemis le disaient cauteleux, ses amis le qualifiaient de prudent.

Ses adversaires politiques insinuaient qu'il avait sacrifié à tous les autels; ses adeptes se portaient forts de la sincérité de ses attaches conservatrices.

D'ailleurs, il avait pris rang dans la noblesse, non sans luttes et sans incessantes recherches de parchemins. Son compte avec la *Société héraldique* devait monter à un formidable total.

Mais ses efforts mêmes, s'ils faisaient sourire les vrais gentilshommes, prouvaient du moins la sincérité du député dans les principes de sa profession de foi.

Cette question de noblesse douteuse déplaisait un peu au bon aumônier. Ce n'était pas impunément qu'il avait passé vingt ans dans la compagnie de la vieille et hautaine marquise.

Les idées chrétiennes, à la fois plus humbles et plus larges, venaient fort à propos modifier ce que l'influence de la défunte châtelaine avait pu lui donner de préjugés.

Et puis, la petite fotune de Paula n'était point de celles qui suppléent à tout. Sa beauté pouvait être un écueil, sa jeunesse en était un déjà.

Le vieillard, malgré sa sainte ignorance des conventions mondaines, eût préféré voir sa « petite Paula » mariée à un homme ordinaire, que de la laisser après lui dans une famille étrangère où ses goûts frivoles ne trouveraient que trop d'aliments.

. Les réflexions qu'il communiquait familièrement à la veillée à son petit entourage, Étiennette et Aubin, amenèrent la jeune fille à trahir le secret de son compagnon d'enfance.

Avec une émotion vraie, elle raconta l'histoire touchante de l'*Étude historique* sacrifiée, comme l'avait été la tabatière d'or, pour le bien-être de la marquise.

— Mon Dieu! mon Dieu! gémit l'aumônier; elle se savait riche, pourtant. Il lui eût été si facile d'accepter les avances si naturelles de Me Trabois!

Ce petit tribut de regrets involontairement payé à la perte de la chère tabatière, le bon abbé s'en repentit aussitôt.

— Quelle mauvaise nature que la mienne! dit-il avec bonhomie; au lieu d'admirer le détachement de cette pauvre Madame, je me surprends à murmurer contre elle. C'est te donner un bien triste exemple, Aubin, à toi qui n'as pas d'amertume après avoir sacrifié bien davantage.

Aubin, s'il n'avait écouté que son premier mouvement, eût arrêté le récit d'Étiennette dès le début.

Rien ne lui répugnait autant que de voir dévoilé ce trait qu'il avait trouvé simple en l'accomplissant, et qu'à distance il trouvait simple encore, bien que son cœur en eût saigné.

S'il laissa parler jusqu'au bout mademoiselle de Béringe, c'est qu'un motif plus puissant imposait le mutisme à ses lèvres blanches d'angoisse.

Il s'agissait de faire la lumière sur l'homme qui osait demander la main de Paula.

Frappé de stupeur comme en face d'un gouffre béant, le jeune homme semblait vieilli d'une année depuis que l'abbé Joumel, tout souriant, leur avait dit en s'asseyant devant le feu clair :

— Mes enfants, M. Alphonse de Momprin, député, demande notre Paula en mariage.

Il y avait à peine un quart d'heure de cela.

Aubin ne voulait point se demander pourquoi cette nouvelle faisait gronder en lui une sorte de colère folle.

Il ne sentait pas le droit de s'interroger ni l'audace de se répondre.

Il se taisait, épouvanté de voir réalisées si vite, si profondément, ses inquiétudes sans motifs lorsque la vie réelle avait pris Brébion d'assaut.

— Ces étrangers ! murmura-t-il en serrant ses mains à les briser.

Les os en craquèrent. On lui prenait Paula !

— Qu'as-tu? dit Étiennette.

Le voyant si pâle, elle eut peur. Aubin était-il donc si attaché que cela à l'œuvre de ses veilles? Elle avait cru le sacrifice consommé dans le cœur comme dans le fait.

— Tu écriras un autre livre... et tu le feras meilleur, souffla-t-elle pour le consoler.

Aubin eut un frisson de douloureuse joie : Étiennette n'avait pas compris.

— Mes enfants, reprit l'abbé Joumel après quelques minutes de réflexion, la petite aventure littéraire de M. de Momprin démontre clairement que la chose est avouable, sinon louable; car il n'aurait jamais sollicité la main d'une des orphelines de Brébion s'il avait supposé que le véritable auteur de l'*Étude historique sur la Franche-Comté* pouvait la lui imputer à crime.

— Ah! dit Étiennette, quelle revanche il te faut prendre, mon pauvre Aubin !

— Il la prendra, sourit l'abbé interprétant comme un acquiescement le silence du jeune homme; et si le député est agréé par Paula, tu l'accableras de ta supériorité.

M. de Momprin acquit donc un allié dans cette soirée, où Étiennette mécontente et Aubin désespéré renoncèrent à le combattre.

12

De son côté, lady Margaret n'eut pas le réveil joyeux qu'elle espérait.

Maxime prit congé d'elle de bonne heure pour retourner à Poligny. Il était sérieux, presque sombre, ce qui ne déplut pas à sa belle-sœur, tout au contraire.

Là cependant se bornèrent les symptômes d'agitation qu'elle épiait, et force lui fut d'échanger avec le commandant la poignée de main du départ sans que même le nom de Paula eût été prononcé.

XVI

Ce fut le jeune M. Trabois fils qui vint apporter à Brébion la somme demandée par l'abbé Joumel.

Cet apprenti tabellion n'éprouvait qu'un médiocre plaisir dans l'étude paternelle et, près de s'y enfermer pour le reste de sa jeunesse, saisissait avec empressement toutes les occasions de s'en échapper.

Il aurait également eu quelque désir de revoir celle des deux sœurs qui venait d'ajouter cent mille francs à ses autres attraits; mais son père lui ayant déclaré que cette dot n'était point suffisante pour un futur notaire, il ne se permettait même plus de se souvenir de la blonde orpheline.

C'était le modèle des fils que M. Eusèbe, et le type accompli du jeune homme avisé dont les intérêts priment en tout les sentiments.

Étiennette, qui l'avait aperçu montant avec précaution le sentier de chèvre, pria Mariette de l'introduire chez l'aumônier, ne se sentant aucun désir de le retrouver, depuis la scène dont elle avait été l'invisible témoin entre le père et le fils.

Elle avait quelque peine à pardonner à ce positif

personnage de lui avoir appris en deux mots qu'une fille laide ne mérite pas un regard et qu'une fille riche ne saurait être laide.

Après avoir donné l'ordre de servir au visiteur quelques rafraîchissements, — car Étiennette devenue maîtresse de maison en avait banni les parcimonieuses coutumes d'autrefois,— elle rentra dans la chambre de la marquise, dont elle faisait religieusement une sorte de musée.

Tout ce qui avait appartenu à la défunte vénérée, tous les objets qu'elle avait aimés se trouvaient maintenant réunis. Plusieurs, dégradés par un long usage, n'avaient que la valeur du souvenir. Quelques autres enlevés de la salle basse paraissaient destinés à s'immobiliser dans ce culte touchant.

Les légères ressources que l'aumônier avait acceptées tout d'abord du notaire avaient permis de remeubler partiellement les vides créés par le musée pieux.

Étiennette s'était réservé le soin de tout organiser seule. C'était une consolation et un travail doublement nécessaires à son état d'esprit.

La pauvre fille, qui ne se plaignait jamais qu'à Dieu, portait une tristesse poignante sous son impassible pâleur.

Humiliée d'être laide, elle était surtout humiliée d'en souffrir. Elle se sentait amoindrie par le regret qu'elle accordait involontairement à des avantages dont la Providence l'avait privée.

Elle eût voulu porter ses infirmités physiques allégrement, comme elle l'avait fait jusqu'alors, et n'arrivait qu'à les porter avec patience.

Quelle lumière s'était donc faite pour la blesser ainsi? Quel rêve refoulé?... Quelle joie éteinte avant de naître? Étiennette regardait au fond de son cœur, elle avait honte de sa faiblesse, inclinait le front et priait.

A ce moment encore, elle venait de glisser à genoux devant l'alcôve de la marquise dont elle avait fait, de son vivant, une sorte de chapelle.

Un grand christ en occupait le fond, austère et sanglant sur une toile sombre.

Chaque fois que les yeux d'Étiennette rencontraient les plaies divines, ils y puisaient le courage, comme à une source fraîche s'abreuve le voyageur.

Mais quand ses yeux se reposaient ensuite sur la vierge suspendue tout auprès, c'était une consolation tendre et suave qui découlait pour elle de cette contemplation.

Notre-Dame Libératrice en marbre blanc, jauni par les années, debout sur un petit socle de velours bleu pâle, semblait lui sourire et lui promettre aussi, à elle, sa petite orpheline, la libération qu'elle avait apportée jadis à toute la contrée.

12.

C'était naïf, enfantin peut-être. C'était lê premier, l'unique bonheur d'Étiennette. Cette statuette immobile, aux mains secourables, perdue dans l'ombre de cette alcôve funèbre, lui donnait l'illusion d'une maternité inconnue, dont elle n'avait entrevu quelques douceurs bien faibles que pour les perdre une fois encore.

Un grand silence, l'éternel silence des ruines, régnait à Brébion depuis que la porte de l'appartement de l'aumônier s'était refermée derrière M. Eusèbe Trabois.

Étiennette, après avoir prié longtemps, se releva pour procéder à la toilette de sa chère vierge.

Cette toilette consistait à enlever la poussière et à y suspendre, après l'avoir purifiée d'un léger souffle, une petite couronne que la marquise avait elle-même tressée.

Il lui semblait revoir encore les mains ridées de la morte retrouvant un peu de souplesse pour tourner gracieusement les brindilles de rosier.

Comme les ans avaient jauni les feuilles!... que les teintes effacées parlaient éloquemment du déclin de toutes choses!... Et la poussière, l'ennemie terrible, comme elle ajoutait son travail impalpable à la lente destruction de ces chers souvenirs! Quelques grains s'étaient incrustés dans le velours fané du petit socle. Étiennette, pour les enlever, déploya de la patience, puis de l'entêtement : ils résistaient encore.

Tout à coup, sous son agile plumeau, le velours sembla bailler et se fendre.

C'était comme une ouverture, dont les lèvres minces et rejointes donnaient asile aux malencontreux grains de poussière.

— Le velours a cédé, il était si vieux ! pensa la jeune fille toute contrite d'avoir involontairement endommagé une de ses reliques.

Elle haussa sa petite taille jusqu'à la hauteur du socle et vit distinctement que ce n'était point un accident, mais l'entre-bâillement d'une poche pratiquée entre le bois du socle et le velours qui le recouvrait.

Quelque chose de blanc se montrait.

Étiennette attira ce quelque chose avec une surprise craintive.

Deux papiers tombèrent.

Elle les releva, les contempla, tout émue sans trop savoir pourquoi, n'osant pas les ouvrir, et n'imaginant pas, cependant, qu'ils pussent contenir le moindre mystère.

— Sans doute quelque souvenir précieux pour elle ! pensa la jeune fille ; comme cela me deviendra précieux aussi !

Il faisait sombre dans la vaste chambre. Près de la fenêtre profonde, aux vitres verdies, le jour baissait déjà.

Pourtant, les yeux d'Étiennette déchiffrèrent les formules légales, sèches et brèves d'un acte de mariage, celui de Marie-Nathalie-Jeanne de la Fosse avec Joseph-Augustin-René, marquis de Brébion.

La femme fidèle, l'épouse délaissée gardait comme un trésor l'acte qui l'avait liée pour jamais!

Étiennette sentit, d'instinct, la délicatesse douloureuse qui se révélait dans cette jalouse conservation.

Le second papier, infiniment moins jaune, moins vieux d'aspect, quoique d'une antiquité respectable encore, faillit échapper à la main d'Étiennette.

Elle venait d'y lire, en grosses lettres, la formule qu'elle reconnaissait bien pour l'avoir lue déjà sur une autre enveloppe :

« Ceci est mon testament. »

La jeune fille ne comprenait pas trop comment, puisqu'un testament existait, elle pouvait en avoir découvert un autre.

Ce papier muet lui fit l'effet d'un mystère et d'une menace. Elle le contempla d'un œil anxieux, puis, brusquement, s'élançant hors de la chambre, elle alla frapper à celle de l'abbé Joumel.

— Entrez! dit l'abbé, tandis que M. Eusèbe se levait cérémonieusement à la vue d'Étiennette.

Elle était toute troublée, comme si sa trouvaille eût été une mauvaise action.

— Qu'est-ce, ma chère enfant? demanda l'aumô-

nier en repoussant l'argent et les billets de banque
dont sa table de travail était couverte.

— Je ne sais pas, balbutia-t-elle; c'est quelque
chose d'étrange, une chose qu'à coup sûr je ne
cherchais pas.

— On dirait, à vous voir, qu'il vous est arrivé
quelque malheur.

— Peut-être monsieur pourra-t-il nous expliquer...

Et d'une main tremblante elle tendit au futur
notaire le pli non cacheté dont elle n'avait osé lire
que la suscription.

Il ouvrit des yeux immenses, dilatant ses lèvres
jaunes dans un large sourire.

Pétrifiée de surprise, la jeune fille ne manifestait
plus son émotion que par le regard anxieux qu'elle
attachait sur M. Eusèbe, dont l'air rayonnant s'accentuait.

Celui-ci comprit la nécessité d'expliquer, et, rentrant promptement dans la gravité professionnelle,
il lut avec lenteur la pièce brève et concluante qui
instituait Hélène-Joséphine-Étiennette de Béringe
légataire universelle de toute la fortune existante au
décès de la marquise de Brébion, à charge par elle
d'avoir à pourvoir à la subsistance des autres habitants de Brébion, non indiqués, du reste.

La signature portait la date du 30 décembre 1867.

Il y avait bientôt cinq ans que la châtelaine, revenant sur des volontés écrites avant l'entrée des orphelines dans sa maison, jugeait Étiennette digne de porter le poids d'une fortune dont elle-même s'épouvantait.

Mais dans cette seconde pièce, comme dans la première, on retrouvait l'égoïsme inconscient et la bizarrerie d'esprit de la pauvre femme.

Paula, qui n'était point sa favorite, parce qu'elle la trouvait instinctivement frivole, n'était pas même nommée, ce qui était un grand manque de prévoyance.

L'aumônier, Aubin Vial, Mariette et Thibaut qu'elle aimait à des degrés divers, mais positifs, n'étaient pas nommés davantage.

Il semblait que lasse déjà d'avoir eu trois lignes à tracer, la marquise avait eu hâte de se décharger sur l'aînée des orphelines des soins à prendre pour l'avenir de ses commensaux.

Sans se communiquer leurs impressions, Étiennette et l'abbé Joumel sentirent instantanément ces nuances.

M. Eusèbe, lui, ne sentait qu'une chose, mais avec quelle intensité!... c'est qu'il se trouvait en présence d'une très-riche héritière.

Cette certitude inclinait ses épaules, adoucissait sa voix, épanouissait ses traits, attendrissait ses yeux.

Une héritière!... Et quelle chance inespérée de s'être trouvé là tout à point pour jouer un rôle dans cette découverte!

— Mademoiselle, prononça-t-il d'un ton pénétré, veuillez accepter mes respectueuses et sincères félicitations. Permettez-moi de me réjouir profondément aussi d'avoir eu, le premier, le bonheur de vous instruire du vôtre.

— Un bonheur!... Est-ce un bonheur? répéta sourdement Étiennette.

Le jeune M. Trabois n'entendit pas ce blasphème.

L'abbé Joumel, retombé sur son siége, joignait les mains avec béatitude, se réjouissant doublement de voir sa « chère élève » riche, et d'être délivré d'une lourde responsabilité financière.

Nous devons avouer, cependant, qu'il eut un regret, un seul.

Ce fut de penser que les bonnes œuvres rêvées par lui n'auraient pas leur exécution.

Encore s'en consola-t-il un peu en songeant qu'avec Étiennette, les pauvres ne perdraient pas tout.

Tout naturellement, M. Eusèbe recouvra le premier le sentiment réel de la situation. Séance tenante il écrivit à son père de venir dès le lendemain

prendre la direction d'une affaire qui entrait dans
une nouvelle phase.

De son côté, l'aumônier dépêcha Thibaut à l'hôtel
Saint-Èbre avec mission d'en ramener M. Charles.

Enfin, Étiennette elle-même courut attendre
Aubin sur la terrasse, pour le prévenir du change-
ment à vue qui s'accomplissait dans leur destinée.
Aubin, c'était son ami, son frère, son conseil.

Confuse, elle lui fit le récit de sa découverte, un peu
comme une coupable, à coup sûr comme une victime.

— Comprends-tu? conclut-elle. Comprends-tu,
Aubin?... Une semblable fortune à moi... à moi, si
peu capable d'en jouir !

— Si peu capable!... et pourquoi? s'écria le jeune
homme que cette nouvelle saisissait comme un éclat
de foudre.

— Tu sais bien... je suis laide, moi,... mal faite,
souffreteuse. Quelle dérision !

Aubin la fit doucement asseoir sur une marche
brisée, et, s'asseyant près d'elle avec la fraternelle
simplicité de leurs relations :

— Étiennette, fit-il gravement, ce n'est point
une dérision, c'est justice. La marquise avait compris vos grandes qualités. Vous seule, peut-être, ne
devinez pas ce que vous valez.

Elle écoutait avec mélancolie, sans conviction.
Aubin reprit avec feu :

— Cette fortune, en vous donnant l'indépendance, la force, le droit de créer, le courage d'être vous-même, développera votre énergie, vos moyens d'action, votre autorité. L'argent est la grande puissance, ne le savez-vous pas? Le grand levier vous aidera à soulever autour de vous les idées et les choses, à faire le bien et le beau.

Elle secoua la tête.

— Non, non, je suis trop faible pour l'horizon que vous m'ouvrez. Avant d'y faire un pas en avant, je m'en épouvante. Si c'était Paula...

Aubin tressaillit, et d'une voix troublée :

— Si c'était Paula!... Ne faites jamais ce souhait imprudent; ne prononcez pas ce mot de regret! La marquise avait bien jugé, du fond de son austère pénétration, que la nature de Paula, toute d'entraînement et de charme, porterait mal le dangereux fardeau de la fortune. Vous, Étiennette, vous!... jamais Paula.

La jeune fille fut frappée de l'accent d'Aubin, de la force de ses paroles que devait lui arracher un profond sentiment de la réalité, car sa partialité pour la plus jeune des orphelines eût dû lui en inspirer de bien différentes.

— Je ne saurais pourtant me charger seule de ce que tu as bien raison d'appeler un dangereux fardeau, dit-elle encore.

13

— Je vous supplie, au contraire, de l'accepter et
de le porter vaillamment. Affirmez-vous. Voyez
naître et grandir autour de Brébion les compétitions qui ne sauraient manquer de se produire.
Pauvre, on pouvait vous oublier. Riche, vous serez
entourée et servie comme une souveraine. Si cela ne
vous fait pas aimer le monde, cela vous apprendra
du moins à le juger.

— Ah! fit-elle avec explosion, tu touches la plaie!
j'ai peur... oui, j'ai peur, qu'en me sachant riche, il
se trouve des âmes assez peu délicates pour oublier
ma laideur, mes infirmités... et rechercher cette
main de fille laide, si peu enviable hier, que pas un
seul homme n'y aurait même songé.

Aubin eut un sourire triste, où passa le reflet de
ses propres désenchantements.

— Ma pauvre chère petite sœur, dit-il, vous avez
trop de clairvoyance pour ne pas beaucoup souffrir.
Vous avez aussi trop de dignité pour ne pas tenir
votre cœur fort au-dessus de ces convoitises avilis-
santes, et trop de foi pour cesser un instant de
regarder en haut.

Il lui serra la main comme pour corroborer ses
réconfortantes paroles par un affectueux témoi-
gnage, et la laissa rêveuse sur la marche brisée qui
servait de trône à la nouvelle héritière.

XVII

Paula parut assez indifférente à la grande nouvelle, soit qu'elle n'en comprit pas tout d'abord la
portée à son égard, soit qu'elle comptât impertur-
bablement sur la bonté de sa sœur.

M. Charles, trop bien élevé pour témoigner le
plus léger dépit, ne put se défendre de faire entendre à sa femme combien il trouvait arbitraire le
procédé de la marquise, qui ne paraissait pas plus se
soucier de Paula que si elle n'eût pas existé.

C'était, comme on le voit, un tuteur modèle, qui
prenait aux intérêts de sa pupille le soin jaloux d'un
père.

Le nouveau testament, qui mettait tout en question pour l'avenir de Paula, lui fit donc l'effet d'une
calamité de famille. Les formalités à remplir devant
prendre un certain laps de temps, il entreprit de
distraire sa pupille de tous les ennuis probables
qu'il entrevoyait pour elle.

En première ligne, l'incertitude où l'on laissait

M. de Momprin dont la demande en mariage comptait déjà quelques jours de date.

Et peut-être même un mouvement en arrière du nouvel honorable qui pouvait fort bien ne pas trouver heureuses les dispositions, encore ignorées, dont Étiennette aurait à prendre l'initiative.

Dans la louable intention d'épargner un chagrin à leur aimable protégée, M. et madame de Saint-Ébre l'emmenèrent passer une semaine à Besançon où ils avaient des relations amicales avec les premières familles.

Paula y reçut un accueil flatteur, que sa beauté, sa grâce, le romanesque de sa jeune existence rendaient plus empressé.

Les aventures des deux orphelines devinrent le thème de tous les entretiens, et l'on eût volontiers ouvert des paris sur le résultat final qui en devait clore la série.

Paula se prêtait avec une complaisance infinie à ce rôle d'héroïne. Elle était née pour se laisser admirer.

Rien ne lui plaisait autant que d'entendre les vœux formés pour son avenir et les louanges causées par sa façon stoïque d'attendre les événements.

Ce stoïcisme, dont un examen quelque peu attentif eût deviné le manque de profondeur, la posait comme un beau caractère.

Paula respira l'encens mondain, pendant cette semaine de fêtes, avec l'aisance et le charme d'une mortelle destinée à ne pas connaître d'autre atmosphère.

Elle laissa beaucoup de regrets et ne daigna pas en emporter elle-même. Il lui semblait 'déjà tout naturel de planer sur les sentiments d'autrui sans en être effleurée.

Salins lui parut maussade, au retour. Les plaisirs y sont clair-semés et les fêtes inconnues. Les bains étaient fermés, les baigneurs avaient repris leur vol. Un cortége admiratif ne se formait plus sur ses pas, et l'automne très-avancé, déjà brumeux, allait rendre impossible jusqu'à la promenade.

C'était à périr d'ennui.

Lady Margaret voulut mettre à profit les dernières clartés d'un soleil d'octobre pour conduire sa petite amie à l'un des plus agrestes sites des environs de Salins : la cascade du Lison.

Au printemps, c'est un rêve verdoyant et splendide.

A l'automne, c'est une poétique vision pleine de grandeur et de mélancolie.

Lady Margaret avait écrit à Maxime de Saint-Èbre de venir se joindre à eux. Comme elle n'avait point abandonné son projet d'unir son beau-frère à la plus jeune des orphelines, malgré leur différence d'âge, elle n'avait pas cru devoir lui faire part encore de l'événement survenu à Brébion. Elle comptait le lui dire en face, épier sur sa physionomie l'impression qu'il en ressentirait, et découvrir enfin si vraiment le commandant de dragons était aussi indifférent qu'il s'efforçait de le laisser supposer pour la triomphante Paula.

Elle eut la déconvenue de recevoir de Maxime cette simple réponse :

« Merci, ma bonne sœur, je n'ai pas le cœur à la joie ; ne m'attendez pas pour vous accompagner au Lison. »

— Allons, pensa lady Margaret avec dépit, il faudra qu'au lieu de lire dans ses grands yeux calmes, je lui écrive niaisement que notre belle Paula est sur une corde roide, n'ayant plus aujourd'hui les cent mille francs de l'abbé, mais pouvant avoir demain davantage, si sa sœur est aussi généreuse que laide.

Au fond, tout au fond du cœur, l'aimable Anglaise espérait bien qu'Étiennette aurait, en cette circonstance critique, encore plus de largesse que de laideur.

Et qui sait si Paula n'y comptait pas aussi?

Étiennette, d'ailleurs, n'avait pas dit un mot. Les formalités légales servaient admirablement sa réserve.

Trop profondément dévouée pour être bonne observatrice, elle avait jusqu'alors vécu près de Paula sans l'étudier. Depuis quelque temps, elle marchait de désillusions en désillusions sur ce caractère attrayant à la surface, égoïste et frivole en réalité.

Prête à s'engager dans la voie nouvelle que lui ouvrait la libéralité de sa bienfaitrice, Étiennette regardait, observait et se taisait.

Étiennette mit un empressement tout cordial à se rendre à l'invitation de madame de Saint-Èbre, laquelle, de son côté, poussa l'amabilité jusqu'à prier Aubin Vial d'accompagner ses jeunes amies.

C'était une dérogation aux habitudes aristocratiques de lady Margaret qui, si bonne qu'elle fût, devait à son éducation une certaine morgue nationale.

Jusqu'alors, ne pouvant pas traiter Aubin en serviteur, par égard pour les orphelines, elle avait pris le parti de paraître ignorer son existence.

Cette subtilité, indigne de son intelligente amitié, froissait Étiennette et déplaisait même à Paula.

Celle-ci, dans sa personnalité ordinaire, n'en témoignait rien; mais l'aînée des orphelines ne reniait pas leur compagnon d'enfance.

— C'est un frère pour nous, dit-elle un jour avec intention.

Lady Margaret avait accordé au jeune homme une attention moins dédaigneuse. Bientôt la saveur particulière de ses articles dans la *Vigie salinoise* lui valut quelques éloges de la grande dame. L'histoire de son dévouement à la marquise — dévouement dont était née la gloire de M. Alphonse de Momprin — circulait à petit bruit et triompha des dernières hauteurs de la jeune Anglaise.

Elle consentit sans plus de transition à le considérer comme un homme du monde.

L'enfant trouvé, toujours modeste, répondit à ses avances honorables avec autant de réserve que de gratitude.

S'il en fut heureux, c'est que les invitations de l'hôtel Saint-Èbre le rapprochaient, par fugitifs instants, de l'oublieuse Paula. Et c'était une joie dont il n'avait pas la force de sevrer son cœur imprudent.

Il prit donc place dans la calèche qui emportait au *Lison* M. Charles et sa femme, Étiennette et sa sœur.

Quand la voiture prit la route de Saizenay, un cavalier qui rentrait en ville la salua du chapeau, du geste, du regard, du sourire, de toute la personne, avec une furieuse envie de ne pas s'en tenir au salut.

Ce cavalier n'était rien moins que le nouveau député, qui ne pouvait se décider à quitter Salins avant d'avoir reçu du tuteur de Paula la réponse sollicitée.

Il n'avait pas été le dernier à apprendre la révolution testamentaire de Brébion, et, quoi qu'il en pensât peut-être, il mettait un point d'honneur à paraître plus fervent que jamais dans sa recherche.

S'il avait osé galoper derrière la voiture !... Si M. Charles avait fait le plus léger signe !... Si madame de Saint-Èbre avait témoigné la moindre bonne volonté !... Si seulement Paula avait consenti à remarquer sa respectueuse inclination !...

Mais rien ; dans la calèche on causait familièrement, tandis qu'il restait sur son cheval, immobile et comme incrusté le long de la route...

— Ils vont au *Lison,* pensa-t-il ; et ils mènent ce petit rédacteur de la *Vigie salinoise* qui va leur conter ses hauts faits à propos de *mon* livre. Ah ! ils vont au *Lison !*... Eh bien, moi, puisqu'il en est ainsi, je vais à la *Baume des Sarrasins.*

Il piqua sa monture et la maintint en arrière, à très-convenable distance de la calèche, durant la longue montée et jusqu'à l'entrée de la délicieuse vallée de Nans qu'arrose et fertilise la plus belle eau des montagnes.

Le ruisseau qui porte le nom poétique de *Lison* se cache pour reparaître, disparaît et revient, jouant en quelque sorte sous les arcades de verdure, entre les arbres penchés et les rives souriantes

13.

Les feuilles étaient jaunies pourtant, les déclivités brunes n'avaient plus leur juvénile aspect. Cette nature était encore belle parce qu'elle était sortie toute simple et toute grande des mains du Créateur, et qu'elle allait se dépouiller de ses dernières parures, sous l'œil de Dieu, sans avoir dû ni un ornement, ni une grâce, à la main humaine.

La source, qui sort en cascade d'un mystérieux rocher, appelait la petite caravane par son imposant retentissement.

Elle s'échappait, bondissante, lumineuse, superbe, à trois cents mètres de hauteur, devant les yeux émerveillés des jeunes filles.

La vue des montagnes dans un grandiose éloignement élevait, depuis l'enfance, l'âme contemplative d'Étiennette.

Les beautés sévères, les détails splendides encore ignorés qui lui étaient révélés brusquement, la jetèrent dans un enthousiasme naïf.

— Que c'est beau ! murmura-t-elle en montrant de la main les couleurs de l'arc-en-ciel qu'un rayon du pâle soleil automnal faisait scintiller dans les flots brisés de la cascade.

— Cela ferait comprendre Dieu ! répondit simplement Aubin.

Quand elle se retourna pour partager avec Paula l'émotion de cette contemplation saisissante, la fri-

vole enfant courait déjà vers le moulin de Fons-
Lison, avec lady Margaret, pour commander un
déjeuner rustique où les truites du ruisseau devaient
servir de plat fondamental.

— Voulez-vous monter à la grotte? demanda
M. Charles que ce spectacle, si beau qu'il soit, n'im-
pressionnait plus que légèrement.

— Certes! répondit Étiennette en s'élançant déjà
sur un sentier qui mord le rocher et surplombe le
moulin.

— Il faut vous couvrir, il fait très-frais là-haut.

— Ah!... j'ai laissé mon châle dans la calèche.

— Attendez, je cours vous le chercher, dit Aubin.

Il sauta trois roches, entra dans le grenier du
moulin, en ressortit beaucoup plus bas et disparut
dans la cour où la voiture devait avoir pénétré par
le grand chemin.

Étiennette avait promis d'attendre, mais le
moyen?... le sentier était si engageant, la mousse
si douce, les lianes si rougeoyantes, et les feuilles
tombées avaient un si mélancolique bruissement!

Elle montait toujours, et M. de Saint-Èbre la suivait à quelques pas, consultant sa montre et se
demandant si la meunière de Fons-Lison serait bien
lente à cuisiner les truites.

La grotte avec sa nappe d'eau limpide, ses infil-
trations murmurantes, ses assises solides, ses vous-

sures naturelles, ses plantes moussues qui cherchent
l'ombre, et sa fraicheur aussi dangereuse qu'attrayante, arracha de nouveaux cris d'admiration à
mademoiselle de Béringe.

— Ah çà! ils ne viennent pas! grommelait
M. Charles en sondant les flancs des rochers où ne
se montraient ni sa femme, ni Paula, ni Aubin. . .

Celui-ci paraissait même avoir totalement oublié
le châle d'Étiennette.

— Mademoiselle Étiennette, vous gagnerez un
rhumatisme pour vos vieux jours, dit-il en élevant
sa bonne grosse voix qui résonna dans la grotte.

— Bah!... je vais faire de la gymnastique pour le
conjurer, répondit gaiement Étiennette.

— Brrrrrou!... Il fait une humidité terrible dans
ce joli coin de rochers. Et Margaret qui ne monte pas!

Il fit quelques pas avec impatience à l'entrée de
la grotte, appela sa compagne, déclara que lady
Margaret, qu'il savait gourmande, devait être en
train de manger les truites à elle seule, ce qu'il
ne saurait souffrir, et qu'il fallait redescendre au
moulin.

— Sans avoir vu le *Creux-Billard!* se récria la
jeune fille.

— Y tenez-vous beaucoup?

— Mais, monsieur, c'est vous-même qui m'en avez
dit des merveilles.

— C'est juste. Je suis un très-maussade cicerone.
Pardonnez-moi ; ce sont ces maudites truites !... Il
est près d'une heure : jamais déjeuner champêtre
ne fut plus désiré.

— Alors, vite au *Creux-Billard*, afin de rendre
notre formidable appétit tout à fait colossal.

Elle s'avança, leste et souriante, sur la rampe
escarpée qui conduit à des berceaux naturels que
leurs dernières feuilles rouges abandonnaient en
tournoyant.

Il fallait descendre ensuite vers un véritable
abîme, étroit et sombre, une sorte de puits d'où
l'on n'entrevoit plus qu'un lambeau du ciel.

D'une grande hauteur, en un jet lourd et lugubre, y tombe un torrent. Au milieu se dressent deux
blocs de pierre que les oiseaux de proie choisissent
pour piédestal.

Au-dessus, règne une sorte de galerie dont les
chèvres des environs broutent toute l'année les
lianes tombantes. Un berger y chantait un refrain
montagnard, sur un rhythme mélancolique.

Étiennette s'arrêta au seuil de cet entonnoir gigantesque, dont l'étrangeté devait captiver sa rêveuse
imagination.

Ce n'était pourtant pas la sauvagerie de ce site qui
la pétrifiait au point d'arrêter sur ses lèvres l'explosion de la surprise et de mettre la pâleur à ses joues

C'était la vue d'un promeneur, appuyé à l'un des blocs de pierre, et qui saluait son apparition d'un sourire.

Maxime de Saint-Èbre au *Creux-Billard!*...

Il la regardait de son œil paisible et profond, sans faire un mouvement vers elle, comme s'il eût craint d'effaroucher la douce vision.

Et ses prunelles brunes, à elle, semblaient s'agrandir, s'émouvoir et palpiter sous ce regard...

Elle fit un pas en arrière, comme effrayée de son trouble.

Seulement alors, il se détacha du rocher, et, la saluant avec un affectueux reproche :

— Mademoiselle, aurais-je la mauvaise chance de vous faire peur?

— Mais, monsieur... votre présence inattendue...

Il sourit encore, et, montrant le gouffre :

— Dans ce site désolé...

— Oh! je préfère cette nature sauvage au point de vue le plus riant. Vous savez que la solitude de Brébion ne m'a pas gâtée.

— Tout le monde, pourtant, entre ici le cœur serré.

Elle eut un involontaire rayon sur le visage.

— J'y respire à l'aise!... fit-elle avec explosion.

La pauvre enfant n'avait pas osé dire « avec joie », mais combien, tout à coup, elle le sentait.

— Me voici bien compromis, reprit Maxime avec une pointe de gaieté. Ma réputation d'homme grave est fort entamée par le fait de ce coup de tête.

— Vraiment? fit Étiennette.

— Que va dire lady Margaret à qui j'ai écrit hier : « Je ne viendrai pas », lorsqu'elle va découvrir que je suis venu?

— Au fait, pourquoi, diable! es-tu venu? interrogea la grosse voix de M. Charles.

Il était descendu tranquillement dans le *Creux-Billard* de son pas ordinaire, et s'était approché des deux causeurs sans en être entendu, tant ils concentraient d'intérêt sur eux-mêmes.

— Ah! oui... c'est difficile à expliquer, commença l'officier, car je ne suis ni jolie femme, ni fantasque...

— Ne serais-tu pas simplement un garçon d'esprit, qui a pris regret de son refus en flairant le plat de truites du Lison que Margaret nous destine?

— Pour un plat de truites! sourit Étiennette en feignant l'indignation.

— Ah! que vous savez bien le contraire! répondit Maxime plus vivement qu'il ne le fallait pour une telle accusation.

— Je crois plutôt, à la louange de ta sobriété, dit le frère aîné, que tu ne songeais pas aux truites,

mais que tu te hâtais de venir adresser tes compliments à mademoiselle Étiennette.

— Mes compliments?... quels compliments?

— Comment, tu ne sais pas encore?... Margaret
ne t'a donc pas écrit?..

— Rien.

— Elle aura voulu te surprendre.

— Quoi donc, enfin?

— Que mademoiselle Étiennette, par suite de la
découverte d'un second testament, est légataire universelle de la marquise de Brébion.

— Mademoiselle hérite?...

— De huit cent mille francs.

Maxime porta la main à son front, comme s'il y
recevait une commotion violente.

— Trop tard! murmura-t-il en un souffle étouffé.

Quand il retira sa main toute moite d'une sueur
subite, Étiennette remarqua l'altération profonde de
ses traits.

Il s'inclina pour la féliciter; mais de ses lèvres
blêmes ne tomba qu'un balbutiement confus.

M. Charles n'avait rien vu de cela. Remonté sur
l'escarpement du gouffre, il appelait sa femme et
Paula, dont on distinguait les voix, pour les guider
dans leur descente.

— Arrivez donc!.. il est bien temps!... à quelle

heure déjeunerons-nous?... que pouviez-vous faire
là-bas? disait-il avec humeur.

— Nous regardions pêcher les truites, répondit
Paula en sautant la première dans l'entonnoir.

Aubin la suivait, les bras ballants, ne portant pas
le châle d'Étiennette; tandis que la jolie blonde, bien
emmitouflée dans le sien, bravait hardiment la fraîcheur de cette excursion.

Lady Margaret venait un peu plus loin, d'un pas
dolent, comme une personne charmée d'avoir causé
un plaisir à ses hôtes et qui trouve cependant, à
part elle, que c'est peut-être en avoir fait assez.

Elle poussa des cris d'oiseau surpris en reconnaissant Maxime. Fort heureusement, du reste, pour le
commandant de dragons, elle prit la chose en couleur de rose, le remercia de ce soudain caprice, s'en
attribua tout l'honneur, le déclara le plus aimable
des beaux-frères et s'empara de son bras pour
retourner au moulin.

Il résulta de cette bienveillante attitude que tout
le monde parut enchanté d'une fugue inattendue,
dont son auteur seul conserva quelque embarras.

En marchant processionnellement le long de l'é-
troit sentier, Aubin remarqua les frêles épaules grelottantes d'Étiennette.

Il éprouva le plus sincère remords de sa vie.

Ce n'était que trop vrai. Sur son chemin s'était

rencontrée la coquette, l'insensible, la frivole Paula, et son seul aspect avait fait envoler comme un souffle tout ce qui n'était pas elle.

— Pardonnez-moi, Étiennette, dit-il avec une tristesse véritable, j'ai oublié... je suis sans excuses...

— Est-ce que j'ai froid? répondit-elle avec un coup d'œil joyeux.

Le déjeuner était servi dans la salle basse du moulin ; une bonne vieille salle, aux poutres noircies par les flambées incessantes de toutes les fritures qui s'y confectionnent pour les visiteurs.

Le jeu des mâchoires supprima totalement celui des intelligences pendant les premiers instants de ce repas tardif.

Au moins en fut-il ainsi pour M. de Saint-Èbre, pour lady Margaret et pour Paula.

Aubin avait l'apparence d'un homme qui mange dans les nuages.

Maxime paraissait accomplir un devoir, tant il apportait de sérieux voulu dans ses fonctions gastronomiques.

Quant à Étiennette, on l'eût singulièrement étonnée en lui apprenant qu'elle venait de goûter à ces délicates truites du Lison dont M. Charles faisait tant de cas.

Nous devons mentionner, du reste, qu'elles étaient merveilleuses.

Après le déjeuner, qui fut court, toute la société s'égrena dans la prairie qui fait au moulin une verdoyante ceinture.

Les splendeurs de ces montagnes, dorées d'un soleil affaibli, n'écrasaient plus de leur aspect les promeneurs satisfaits.

C'étaient, maintenant, de capricieux petits chemins ourlés par le ruisseau, traversés par un filet gazouillant, ombragés par les dernières ramures d'un saule pleureur ou d'un tremble argenté.

Oh! la belle journée!... et qu'il faisait bon s'oublier dans ce site agreste!

On s'y oublia si bien, les hommes en politiquant suivant leur atroce coutume, les femmes en babillant suivant leur habitude invétérée, que, lorsque M. Charles rappela l'excursion de la *Baume des Sarrasins,* un peu de fatigue se manifesta dans la petite caravane.

On s'était grisé de belle eau, de bon air, de grands rochers; on aspirait au repos.

En conscience, M. de Saint-Èbre crut devoir énumérer les beautés de la *Baume* ou *grotte des Sarrasins,* ainsi surnommée parce qu'elle servit, dit-on, de refuge aux Sarrasins lorsqu'ils furent chassés de France par Charles Martel.

Diverses contrées, d'ailleurs, et la Savoie entre autres, ont leur *grotte des Sarrasins.*

— Le dôme a cent mètres de hauteur, expliqua-t-il.

— Je suis bien lasse, répliqua lady Margaret.

— Les stalactites y sont curieuses, nombreuses, très-admirées.

— Si nous regagnions la voiture?

— Les eaux profondes y dorment dans l'obscurité.

— Eh bien! nous y viendrons une nuit, avec des torches, pour les réveiller.

Et sur cette conclusion fantaisiste, les visiteurs remontèrent le ruisseau jusqu'au moulin pour y reprendre la calèche.

S'ils avaient pu se douter de ce qu'ils laissaient derrière eux!...

Ils y laissaient M. de Momprin qui avait abandonné son cheval au village de Nans et attendait depuis plusieurs heures à l'entrée de la *Baume*.

Comme il est rare, très-rare, qu'on vienne au Lison sans pousser jusque-là, le député pouvait légitimement espérer une rencontre qui n'aurait pas manqué d'un certain cachet romanesque.

N'étant pas admis à l'hôtel Saint-Èbre, les occasions lui manquaient absolument de faire plus ample connaissance avec celle dont il avait sollicité la main, un peu à l'aveuglette, comme un homme dont le mariage doit parfaire la respectabilité.

De loin, il avait vu s'avancer la société rieuse. Il apercevait la fumée des cigares et distinguait les blondes boucles de Paula.

Un peu plus, et, sous l'arcade énorme de roches mousseuses, il pouvait à son tour faire aux orphelines les honneurs d'une merveille jurassienne.

Tout à coup, plus rien. Les boucles blondes s'effacèrent, la fumée bleuâtre s'envola, les longues robes tracèrent un sillon dans la prairie, et bientôt, hélas! le roulement d'une voiture résonna sur les cailloux.

Ils étaient partis, laissant l'auteur infortuné de l'*Etude historique sur la Franche-Comté,* collé au roc, piteux et presque aussi désolé qu'une des hautes stalactites qui pleurent éternellement dans la *Baume des Sarrasins.*

Ah! qu'Aubin eût été ravi, dans le fond le plus secret de son âme, s'il eût soupçonné cette amère déconvenue du prétendant à la main de Paula!

XVIII

Aubin, depuis la mort de la marquise, s'était remis au travail avec une fébrile ardeur. Tout en rédigeant le journal local, ce qui n'était qu'une médiocre besogne, il avait achevé la *Légende de Brébion*, élargie, refondue, ciselée avec amour.

Ses aptitudes littéraires s'y développaient en côtoyant le côté historique, dont il allait tenter de se faire une spécialité.

Durant plusieurs siècles, les Brébion avaient été tellement mêlés à l'histoire de France que le mémorial de cette glorieuse famille était presque un mémorial de notre vieille monarchie.

Quand il montra le manuscrit à l'abbé, le modeste savant en pleura de joie. Étiennette, rayonnante, écrivit à Mᵉ Trabois :

« J'ai besoin de la somme nécessaire pour faire éditer à Paris, immédiatement, un ouvrage historique en un volume avec cartes, plans et gravures. Veuillez, Monsieur, l'envoyer à M. Aubin Vial pour qu'il puisse faire le voyage de Paris. »

Deux jours après la promenade du Lison, une somme de cinq mille francs tombait comme un oiseau magique dans le nid bizarre, suspendu à la *Tour maîtresse,* dont Aubin avait fait sa cellule.

Quoique, depuis le décès de la châtelaine, il eût fixé son domicile chez le libraire salinois, le jeune homme venait encore parfois se retremper dans ce réduit toujours cher.

— Qu'est-ce?... qu'avez-vous ordonné, ma chère Étiennette? demanda-t-il en ouvrant le group d'où s'échappa une pluie d'or.

— Prenez, c'est une avance pour aller à Paris faire imprimer la *Légende.*

— A Paris!... m'éloigner!...

— Oui, pour rapporter les prémices d'un nom.

— Que rêvez-vous donc pour moi, bonne petite sœur?

— Le bonheur plus que la gloire, Aubin.

— Mais alors...

— L'une peut vous conduire à l'autre.

— Jamais, hélas!

— Homme de peu de foi! dit-elle avec un de ces angéliques sourires dont elle réconfortait les cœurs attristés.

Simplement il accepta ce qui lui était si affectueusement offert. Après une lutte très-violente avec la raison, il obéit à son aimable conseiller et partit pour

Paris le soir même, laissant tout son cœur à Brébion, ou plutôt à l'hôtel Saint-Èbre.

Paula n'en bougeait guère, en effet, attendant que sonnât l'heure de répondre par un refus à la demande de M. de Momprin.

Caprice ou coquetterie, insouciance ou cruauté, la belle Paula ne daigna pas s'expliquer avant le double départ d'Aubin pour Paris et de Maxime pour Poligny.

A l'un, elle ne voulait pas causer de joie ; à l'autre, il lui plaisait de laisser quelque inquiétude.

Les âmes étroites ont de ces satisfactions égoïstes, qu'elles s'accordent sans se préoccuper de la charité qu'elles blessent, ni de la religion qu'elles offensent. Le *moi* est sur un trône, et l'encens fume. N'est-ce pas suffisant?

Cette décision de Paula, concise et sèche, apporta au nouvel honorable des émotions infiniment moins agréables que celles dont avait été couronnée sa laborieuse candidature.

La quinzaine avait été mouvementée, mais quelle chute !...

Nous ne saurions affirmer, pourtant, qu'il en ressentit un chagrin profond, durable. Du moins son dépit en fut-il assez vif pour flatter la croissante vanité de la jeune fille.

S'allier à la vraie noblesse avait fortement séduit

son ambition de parvenu. Il lui fallait désormais chercher ailleurs l'épouse assez noble pour imposer, par l'exemple, l'adoption de sa fantaisiste particule, et suffisamment riche pour dorer son siége à l'assemblée.

M. de Momprin éprouva surtout le regret de n'avoir pas sollicité la main d'Étiennette au lieu de celle de Paula. Nul doute que la fille laide n'eût accepté avec empressement, ce qui lui eût donné tout d'abord à lui, le bénéfice moral du désintéressement, et, bientôt après, le bénéfice matériel d'une fortune superbe.

— Je suis un grand sot! se dit-il avec une conviction bien méritoire. Si j'essayais!...

Quelle que fût son audace habituelle, le malheureux éconduit n'osa pas tenter une volte-face aussi crue, et la pauvre Étiennette ne reçut pas l'affront d'une demande immédiate.

Le jeune M. Eusèbe Trabois, qui portait haut le culte de la prudence, comptait les jours avec angoisse, écoutait les échos salinois avec terreur.

N'allait-il pas apprendre quelque jour que mademoiselle Étiennette, subitement embellie, redressée, rendue désirable, avait accordé sa petite main maigriotte, si peu sollicitée jusque-là, à quelque prétendant privilégié?

Or, M. Eusèbe s'était promis, le soir même où,

14

dans l'appartement de M. l'abbé Joumel, le second testament lui fut donné à lire, que cette proie splendide ne lui échapperait pas.

Et voyez comme l'instinct peut servir parfois un apprenti notaire. Lui, qui n'avait ni beaucoup de tact, ni grande délicatesse, il sentit que demander brusquement Étiennette ne serait pas le moyen de l'obtenir.

Non qu'il comprît rien à cette âme tendre, facile à froisser, mais parce qu'il lui paraissait plus sage de jouer la comédie sentimentale auprès d'une jeune fille laide qu'auprès d'une jolie figurine de keepsake.

Quoi qu'on en dise, les jolies figurines sont plus aveugles que les jeunes filles dont la Providence a orné l'âme, mais l'âme seulement.

C'est pourquoi le jeune homme trouva dans cette même quinzaine une infinité de prétextes, tous excellents, tous indiscutables, pour venir à Brébion.

Le bon abbé Joumel s'émerveillait de sa complaisance, de son activité, de son zèle.

— Vous doublerez les affaires de l'étude paternelle en peu de temps! lui disait-il avec une sincère admiration.

M. Eusèbe Trabois avait une façon tout à fait charmante de baisser ses longs cils blonds, d'un air béat, quand on lui adressait d'aussi justes éloges.

Aussitôt, comme un voile, la modestie descendait sur son visage incolore et venait nicher jusque dans les coins de ses lèvres imberbes.

Dans ces occasions, quand il était seul avec l'abbé Joumel, il se contentait de la modestie.

Quand Étiennette était présente, il jugeait bon d'y joindre un peu d'embarras.

En ce cas, un brin de rougeur montait aux joues, la voix se troublait, et sa bouche, devenue grave, ébauchait un soupir contenu.

Le malheur était qu'Étiennette ni l'abbé Joumel n'y comprenaient absolument rien.

Me Trabois, qui, du fond de son étude, surveillait cette idylle intéressée, partageait les impatiences de son fils, tout en les réprimant par les raisonnements les plus judicieux.

Il sentait qu'une jeune fille de la valeur d'Étiennette demandait des ménagements infinis et devait, avant tout, se laisser persuader que la recherche dont elle était l'objet était plutôt entravée qu'encouragée par sa grande fortune.

Le notaire ne désespérait pas d'atteindre ce but difficile. Mais il fallait du temps.

L'hiver venait, un hiver pluvieux et doux qui ne devait pas interrompre les aimables relations, décidément plus amicales qu'officielles, qui s'étaient établies entre l'étude et le château.

Étiennette, mise en possession de son héritage avec toutes les formes légales, ne manifestait aucun projet de nature à modifier sensiblement le sort des habitants de Brébion.

Elle avait fait aménager la partie des ruines capable de recevoir des réparations urgentes, de façon à s'y créer une retraite agréable et salubre.

L'abbé Joumel en occupait le plus riant appartement; celui d'Étiennette ouvrait sur ce coin de la ville basse où brillait au soleil le toit d'ardoises de l'hôtel Saint-Èbre.

Celui de Paula, bien souvent vide, garda le cachet d'abandon d'une demeure provisoire.

Mariette et Thibaut se trouvaient logés mieux que des princes, et n'osaient formuler aucun regret.

La chambre de la marquise, la salle basse, lieux pleins de souvenirs, étaient restées intactes. Étiennette y venait toujours rêver et prier comme dans un oratoire.

Quand les maçons, qui avaient réparé une fraction de ces vieilles murailles, voulurent remporter leurs outils et leurs engins de travail, mademoiselle de Béringe leur dit simplement :

— Si ces échafaudages ne vous sont pas nécessaires tout de suite, ne les redescendez pas pour les remonter bientôt. Nous construirons ici au printemps.

— Un grand bâtiment? interrogea le maître maçon charmé.

— Un grand bâtiment, répondit-elle.

Ce fut le bruit de la ville. Quelle serait la destination de ce bâtiment mystérieux? Entre autres choses, Étiennette semblait avoir hérité du mutisme de la marquise.

Un autre personnage aussi se taisait, s'assombrissait et mettait autant de soin à fuir l'hôtel Saint-Èbre qu'il avait déployé de bon vouloir à s'en rapprocher.

Maxime, depuis la promenade du Lison, avait trouvé mille prétextes, non moins excellents, non moins indiscutables que ceux de M. Eusèbe Trabois, pour ne pas quitter le 3e dragons.

Il semblait, à le lire, que l'absence la plus momentanée dût mettre en danger l'existence du régiment.

M. Charles en riait, lady Margaret haussait les épaules; Paula déclarait que la sauvagerie du commandant n'avait de comparable que celle de sa sœur Étiennette.

— Nos deux aînés sont dignes l'un de l'autre! disait-elle à son tuteur avec une certaine amertume. Si nous les portions au désert?

— Ma chère enfant, lui répondit un jour celui-ci, je viens de voir cette sœur qu'il devient en effet de plus en plus difficile d'arracher à ses ruines. J'allais

14.

lui rendre compte... lui rendre mes comptes, enfin.

— Ah! oui, en sa qualité d'héritière, dit Paula, qui eut dans la voix une légère altération.

Ces deux sœurs n'avaient pas parlé d'argent une seule fois, depuis que leur intimité d'autrefois s'était émiettée sous une influence étrangère.

— Eh bien! savez-vous ce que m'a répondu mademoiselle de Béringe?

— Quelque belle parole, digne d'être imprimée par notre ami Aubin, railla la jeune fille.

— Seulement ceci : « Mon cher Monsieur, fiez-vous à moi pour assurer l'avenir de Paula. Nul plus que sa sœur ne désire la voir heureuse. »

— Et c'est tout?

— Tout.

— Là, que vous disais-je?

— Ah! pardon... j'oubliais un mot, un seul, qui parut lui échapper.

— Et ce mot?

— « Le mariage de Paula... », a commencé mademoiselle Étiennette; puis elle s'arrêta, sourit tristement et ne crut pas devoir rien ajouter.

— Oh! fit la sœur cadette en rougissant, mon mariage la préoccupe-t-elle à ce point?

— Peut-être a-t-elle voulu dire que votre choix déterminerait sa générosité.

— En ce cas, elle peut longtemps encore tenir clos son portefeuille.

Le dépit perçait dans l'accent de Paula malgré son parti pris de raillerie.

C'était là la plaie secrète qui s'envenimait entre les deux orphelines dont l'une, favorisée de la fortune, gardait un énigmatique silence sur la part qu'elle en voudrait bien accorder à l'autre.

Quelque prévenue que fût Paula, elle n'allait pas jusqu'à soupçonner Étiennette de rapacité ; mais toute la bienveillance de la famille Saint-Èbre ne parvenait pas non plus à expliquer l'attitude passive de la sœur aînée.

Qu'attendait-elle ?

Qu'attendait-elle pour déterminer la situation d'une belle enfant impatiente de jouir de la vie, et que ce bizarre *statu quo* condamnait à rester dans l'obscurité ?

De bonnes nouvelles arrivèrent de Paris.

La *Légende de Brébion* venait de paraître, modestement d'abord, comme il convient à l'œuvre d'un *jeune*.

Elle tomba, par grande chance, sous les yeux d'un auteur arrivé. Par un bonheur plus grand encore, il la lut tout entière. Enfin, miracle des miracles ! il était assez grand pour ne pas voir des ennemis dans ses pareils, ni des rivaux futurs dans les petits.

Il voulut connaître ce nouveau venu qui semblait avoir buriné cette légende en plein granit jurassien, tant le style avait de force, de concision, de sauvage saveur.

Il lui parut digne de lui de lancer cette plume vaillante. Toutefois, ne le fit-il pas à la façon de certaines cantatrices en vogue qui croient devoir, de la main droite, jeter d'énormes bouquets à de pauvres commençantes et payer, de la main gauche, les sifflets destinés à les chuter.

Il eut l'esprit de dire et d'écrire qu'Aubin Vial méritait sa place au soleil. Il eut surtout la loyauté de le prouver en citant des chapitres entiers de la *Légende de Brébion.*

Après avoir eu l'honneur de découvrir une œuvre vraiment digne de ce nom, il eut le plaisir de voir enlever une seconde et même une troisième édition en quelques semaines.

Il embrassa Aubin, qui reportait à son initiateur toute la joie de sa réussite, et il lui dit avec l'amicale familiarité des maîtres :

— Je t'ai découvert. Te voilà connu. Maintenant, travaille.

Travailler! c'était la passion d'Aubin; passion noble et courageuse à laquelle il demandait l'oubli.

Mais travailler à Paris, dans ce bruit joyeux, dans cet entrain factice, dans cet engrenage fatal de plaisirs et de désillusions qu'il redoutait également, Aubin ne le voulait pas.

Retourner à Brébion, maintenant qu'il en avait rompu le charme redoutable, lui semblait mieux qu'une imprudence, une action mauvaise.

Tant qu'il avait pu mettre un voile entre son cœur et ses yeux, il était resté, tourmenté, malheureux, sans l'ombre d'espoir, mais s'imaginant qu'à vivre ainsi il accomplissait une mission désintéressée près des orphelines.

Depuis qu'il avait lu trop clairement le vrai nom qu'il fallait donner à ce désintéressement, « Paula ! » sa droiture lui montrait la route à suivre.

Il écrivit à Étiennette :

« Avez-vous besoin de moi? Si oui, mais seulement pour cela, je reviendrai. »

Mademoiselle de Béringe lui répondit aussitôt :

« Reste, travaille, fais-toi un nom. »

Aubin, en paix avec sa conscience, loua dans le bois de Vincennes un chalet microscopique, que les rosiers grimpants devaient, au printemps, vêtir de feuillage, de roses blanches et de nids d'oiseaux.

Quoiqu'on fût en hiver, les grandes allées dépouillées, les prairies brunes, les ruisseaux glacés, l'attiraient plus que tout le confort parisien.

Ce n'était pas sa cellule d'autrefois, c'en était un

reflet. Nulle distraction ne venait arrêter sa plume, nul bruit indiscret ne troublait son travail.

Le passage d'un garde du bois, ou quelque promeneur emmitouflé de fourrures lui rappelaient seuls le voisinage de la grande ville.

Machinalement, les premiers jours surtout, se croyant revenu dans sa chère retraite, il avançait à sa fenêtre une tête avide de recevoir un regard ami.

Mais il n'était plus à la *Tour maîtresse,* et ce n'était pas Paula dont les petits pieds arrachaient une plainte mélancolique aux feuilles sèches troublées dans leur dernier sommeil.

Si les éditeurs qui avaient passé un traité avec Aubin pour un nouveau volume, si les critiques littéraires qui attendaient la venue de ce volume pour y mordre jalousement, avaient appris dans quel coin modeste, sous le brouillard et la neige, écrivait l'auteur de la *Légende de Brébion,* les uns auraient crié à la pose, à l'invraisemblance, les autres en auraient fait un *Écho de Paris* pour quelque journal à la mode.

Beaucoup de désœuvrés seraient accourus pour voir si vraiment, sous prétexte de travail, il ne cachait pas quelque distraction majeure dans ce repli de bois.

Tant il leur paraît difficile d'admettre, à ces

inutiles, que le travail puisse remplir à pleins bords une existence d'homme.

Aubin resta caché, étudiant, écrivant, tant que dura le froid et la neige.

Au premier soleil, il sortit de sa retraite, portant à son éditeur les manuscrits promis : un essai historique sur les mœurs du dix-septième siècle, et un feuilleton.

Le livre et le feuilleton parurent bientôt.

Le succès, à Paris, est ainsi fait, que l'on peut longtemps frapper à sa porte sans qu'il daigne même l'entr'ouvrir, tandis que tout à coup, comme une gaze tombée de la statue, il abat l'obstacle, vous soulève et vous montre au public avec ce mot enivrant : « Voilà le roi du jour ! »

Ceci me dispense d'expliquer avec détails comment Aubin Vial, arrivé quelques mois plus tôt de sa province, parfaitement ignoré de tous — sauf de M. de Momprin qui ne s'en vantait pas — se trouva, le printemps suivant, connu, vanté, critiqué, applaudi et détesté, ce qui est le complément naturel de toute supériorité.

Il avait, en outre, le rare privilége d'avoir triomphé sans faire aucune concession aux mauvais instincts de l'époque, en écrivant honnêtement, ce qui, si ce n'est pas positivement une merveille, est à coup sûr une surprise pour l'observateur contemporain.

Les lettres d'Étiennette avaient encouragé et félicité tour à tour le courageux travailleur.

Par elle, il se replongeait dans cette douce vie des ruines dont il s'était d'abord laissé bannir avec docilité, et dont ensuite il s'était banni lui-même avec énergie.

On lui en racontait les plus menus incidents, avec ce luxe de jolis détails chers aux absents.

Elle pensait à tout, la prévoyante Étiennette,—et se disait que pour le maintenir sans défaillance en face du but poursuivi, il fallait lui garder les fraternelles gâteries d'autrefois.

Parfois, elle parlait de Paula un peu plus longuement. « Je la vois peu, moins que je ne le voudrais ; lady Margaret en a fait la compagne assidue du spleen dont elle ne guérira pas dans notre grave petite ville. Peut-être cette aimable femme eût-elle fait une œuvre plus méritoire en apportant à Brébion la distraction de sa présence qu'en priant Paula d'apporter sa gaieté à l'hôtel Saint-Èbre. Je puis regretter le résultat, mais je n'incrimine pas l'intention. Je suis moins que jamais, en apparence, la sœur aînée ; je ne t'étonnerai pas, toi, Aubin, en te disant que, tout au contraire, je le suis, en fait, comme une fille sérieuse qui comprend sa mission. »

Une autre fois elle écrivit :

« Je viens d'éprouver un grand étonnement. Un

fonctionnaire de Dijon que je ne connais absolu-
mènt pas m'a fait l'honneur inattendu de me demander en mariage. J'ai prié notre bon aumônier
de lui adresser un refus reconnaissant et poli.

« Je dis « reconnaissant » parce que ce fonctionnaire de bonne volonté n'avait jamais vu ma photo-
graphie ; s'il l'avait vue, c'eût été différent. Je me
serais crue dégagée de la moindre gratitude. »

Un peu plus tard enfin, elle racontait à son compagnon d'enfance :

« Il paraît que c'est bien séduisant, une dot de
huit cent mille francs ! Voilà M. Eusèbe Trabois qui
n'y peut résister et me supplie, d'une manière touchante, de la lui faire partager ! Vois, mon ami,
comme je suis distraite ; je n'ai pas deviné, pendant
tout cet hiver, que ce jeune monsieur se mourait de
chagrin de me voir si riche ; qu'il imposait silence à
ses sentiments de peur de paraître avide, et qu'enfin
c'est à l'intervention de l'autorité paternelle, alar-
mée du dépérissement de cet infortuné, que je dois la
manifestation solennelle de ses espérances.

« Tiens, Aubin, j'en pleure de rage !... Est-ce de
rage ?... non, c'est plutôt de honte. Ils m'ont suppo-
sée assez niaise pour accepter leur comédie, assez
désireuse d'un mariage pour accepter leur nom.

« Elle est laide !... » cela répond à tout : très-

15

honorée je dois être. « Elle est riche ! » cela embellit tout : très-empressés se montrent-ils.

« Je suis laide ; on ne m'aimera jamais. Aussi garderai-je, à l'abri de leurs tentatives, et ma laideur, et mon cœur, et ma main. »

La campagne matrimoniale, entreprise par MM. Trabois père et fils, avait été conduite avec un art consommé. L'abbé, toujours prêt à croire aux bons sentiments d'autrui, s'attendrissait sur la délicatesse infinie de cet excellent jeune homme, si plein de respect pour la vieillesse, si bon juge des grandes qualités de mademoiselle de Béringe.

Attristé par le premier refus de celle-ci, qui n'avait même pas voulu s'enquérir de la famille ni de la fortune du fonctionnaire dijonnais, il avait grand espoir, au contraire, que l'honorable recherche d'Eusèbe Trabois toucherait sa sauvage Étiennette.

— Il n'est pas d'ancienne famille, lui dit-il un soir devant le feu superbe qui réchauffait ses vieux membres infirmes ; mais la réputation du père est inattaquable, et celle du fils fleure l'honnêteté.

Étiennette écoutait avec déférence, sans conviction. Il lui semblait entendre le bon abbé plaidant autrefois la cause de M. Alphonse de Momprin.

Était-ce donc que toute sa paternelle affection pour les « chères élèves » ne le mettait pas à l'abri du graduel affaiblissement des années? Était-ce donc que ce jugement, autrefois si net et si ferme, perdait chaque jour sa lucidité?

Et comme si l'abbé Joumel avait eu conscience de ce doute, il reprit avec prière :

— Ma bonne petite enfant, je me sens vieillir et baisser. La mémoire me laisse parfois de grands trous vides dans le cerveau, que je ne sais plus combler. Je ne voudrais pas vous donner à quelqu'un dont je ne connaîtrais pas les attaches, et que ma faiblesse d'esprit ne pourrait pas étudier. Je me souviens des Trabois, au contraire. Il me plairait vous remettre en leurs mains avant de mourir.

— Mourir! répéta vivement Étiennette; pourquoi parler ainsi pour me causer une douleur?

— Eh! ma fille!... le chrétien se réjouit quand vient la fin de l'épreuve.

— Mais celui qui reste?...

— Celui qui reste regarde au ciel. Allez, ma chère enfant, vous n'aurez jamais l'égoïsme de désirer me garder quand vous penserez combien on est heureux en haut!

Étiennette lui serra doucement la main sans répondre ; son âme pieuse et souffrante comprenait les aspirations de la vertu vers le repos.

— Donc, je veux vous laisser mariée.

— Non, murmura-t-elle, cela ne se peut.

— Qu'opposez-vous donc à cet honnête jeune homme? fit-il avec une surprise chagrine.

Elle aurait pu répondre qu'il avait montré trop de prudence et d'astuce pour donner confiance en sa droiture ; trop de désolation feinte de la savoir riche pour ne pas trahir, au contraire, sa convoitise intime ; trop d'oubli volontaire des disgrâces physiques de l'orpheline pour qu'elle n'eût pas le droit de se croire recherchée pour les beaux yeux des huit cent mille francs.

Elle n'en dit rien cependant. Le siége avait été fait longuement, habilement. La place prise, et bien prise, c'était trop entreprendre que d'en vouloir déloger l'assiégeant.

L'aumônier, aveuglé, plein d'indulgence et de bon vouloir, n'accepterait qu'avec impatience les raisons, mauvaises ou injustes à ses yeux, que l'orpheline avait à faire valoir.

Non, non, mieux valait laisser au vieillard ses illusions, ne pas tenter de lui démontrer qu'il était trompé, qu'il avait mal vu, que son protégé n'aimait nullement Étiennette et désirait férocement sa dot..

Il ne l'aurait pas cru, d'ailleurs. Pour lui, qui n'avait jamais regardé dans une femme que la beauté de l'âme, le mot de laideur n'avait guère de sens.

Une fille laide ! eh bien ! qu'importait cela ? Puisque mademoiselle de Béringe avait toutes les qualités de l'intelligence et du cœur, rien n'était plus naturel que de la voir aimée et demandée avec tant d'insistance par M. Eusèbe Trabois.

Voici ce qu'il aurait pensé et dit, voilà ce qu'Étiennette préféra s'épargner d'entendre.

Simplement, elle répondit d'une voix ferme qu'elle ne se marierait pas.

— Mais pourquoi?... pourquoi?

En souriant, cette fois, avec une intime tristesse, elle expliqua que la marquise ne lui avait jamais montré que les mauvais côtés du mariage, si bien qu'elle n'éprouvait aucun désir d'en faire l'expérience.

— Mon Dieu! s'écria l'aumônier très-peiné, il me faudra donc vous laisser sans appuis directs, toutes deux?... oui, toutes deux, car cette tête folle de Paula a rejeté, comme vous le faites, des offres honorables.

— Paula se mariera certainement, rassurez-vous.

— Mais comment choisira-t-elle?... Tenez, ma fille, que je vous confie un rêve que j'avais fait,

Étiennette se rapprocha pour mieux entendre.

— Volontiers j'aurais confié cette enfant capricieuse et bonne à un homme d'un âge sérieux, d'un caractère grave, que vous auriez apprécié comme moi.

— Qui donc? demanda la jeune fille.

— M. Maxime de Saint-Èbre.

Par un mouvement brusque, elle se leva et marcha
vers la fenêtre.

Ce nom venait de faire éclater comme une volée
de cloches dans son cerveau.

Ce nom réuni à celui de Paula!... ce n'était pas la
première fois qu'avec des frissons glacés, elle les
avait rapprochés elle-même.

Il lui semblait avoir compris que Paula n'y aurait
mis nul obstacle, et, quant au commandant de dragons, l'inégalité de son humeur, son parti pris
d'éloignement, ne disaient-ils pas la lutte que sa
raison avait, sans doute, entrepris contre son cœur?

Tout cela, qu'elle s'efforçait d'oublier d'ordinaire,
lui revint à l'esprit avec une lucidité si poignante
que la sueur perla subitement à son front.

D'un geste vif, elle ouvrit la fenêtre. Par cette
soirée de neige, où la bise soufflait glaciale, elle prit
un âpre plaisir à exposer sa tête brûlante aux dangereuses caresses du vent des montagnes.

— Miséricorde!... quel froid! s'écria l'aumônier
en ramenant frileusement sa soutane sur ses jambes
grelottantes; que vous arrive-t-il donc, ma bonne
petite?

— J'étouffais! balbutia la jeune fille.

— Oh! la jeunesse!... Fermez-moi bien vite cette
fenêtre, entendez-vous, imprudente que vous êtes?

Elle obéit lentement, lentement, tandis qu'il reprenait avec bonhomie :

— Que vous disais-je donc?... ah! oui... que M. Maxime de Saint-Èbre a probablement trouvé peu sage d'unir ses trente-huit ans aux dix-neuf de Paula, et je le déplore. Quant à vous, Étiennette, je n'accepte pas votre réponse de ce soir comme définitive. Vous réfléchirez devant le Seigneur. Lui seul est la lumière.

XIX

Elle n'avait pas quitté la fenêtre refermée, appuyant son front aux vitres où suintait une buée brillante, sous la double action du froid extérieur et de la joyeuse flamme intérieure.

Un aboiement sonore la fit tressaillir. Brébion s'était enrichi d'un énorme chien de garde depuis que la fortune y avait élu domicile.

C'était Mariette qui l'avait demandé.

Dame! quoique Étiennette n'eût pas encore parlé, Mariette espérait bien être toujours propriétaire et rentière !

— Qui vient si tard? demanda l'abbé Joumel.

Étiennette vainement cherchait à voir dans la nuit. Deux ombres passèrent sur la terrasse, Thibaut précédant un visiteur; on reconnaissait le premier à son inévitable lanterne ; rien ne faisait distinguer le second.

— Si c'était Aubin! dit encore l'abbé. Il n'y a qu'Aubin qui se hasarderait à monter les rochers à pareille heure.

Neuf heures sonnaient, en effet; dans les ruines, c'était le moment du sommeil.

On entendit les sabots de Thibaut dans le corridor.

La porte s'ouvrit. Sa lanterne parut la première, puis sa massive personne.

— Monsieur l'aumônier, dit-il de sa grosse voix, voilà un monsieur qui vient sensément vous rendre visite à cette heure de nuit.

C'était là une des façons d'annoncer du rustique Thibaut.

Ceci dit, il fit en arrière le pas qu'il avait fait en avant, démasquant la taille haute et sévère du visiteur.

— Monsieur Maxime, soyez le bienvenu ! dit cordialement l'aumônier.

Étiennette se pencha vers le feu pour y jeter une souche. La souche ne tomba pas, cependant. Une demi-minute, sa main tremblante la soutint au-dessus de la flamme avant de l'y coucher.

Quand elle se releva pour répondre au salut de Maxime, on pouvait supposer que la chaleur du foyer avait seule répandu son ardente rougeur sur des joues ordinairement pâles.

Maxime regardait autour de lui avec une sorte d'avidité, embrassant tous les détails de cette scène d'intérieur si simple : un vieillard aux blancs che-

15.

veux, une jeune fille inclinée, sur lesquels une claire lueur de sarments embrasés jetait un reflet souriant.

La chambre de l'abbé n'avait, d'ailleurs, d'autres meubles que son lit d'anachorète, une commode de noyer, un fauteuil de damas laine et trois chaises d'osier brodées de laines multicolores par les doigts habiles d'Étiennette.

C'était ce que le saint prêtre appelait *son luxe*. Ah ! si la défunte marquise l'avait vu !

Toutes ces choses si modestes riaient à l'œil, sans toutefois suffisamment expliquer l'évident plaisir que Maxime semblait prendre à les voir.

Si l'abbé Joumel crut tout d'abord que le visiteur avait quelque communication à lui faire, en montant si tard à Brébion, il lui fallut bientôt reconnaître qu'il n'en était rien.

Maxime dit avec infiniment de naturel qu'il éprouvait un grand désir de venir à Salins, qu'il y avait résisté pour des motifs importants, mais qu'enfin il s'était laissé entraîner ce jour-là avec d'autant plus de facilité que le régiment de dragons allait quitter Poligny.

Cette explication valut au commandant un remerciment amical de l'aumônier

— Ne pas vouloir partir sans nous serrer la main, c'est une bonne pensée, mon cher monsieur ; je vous en sais un gré sincère. Mais, dites-moi, ce départ de Poligny est donc tout à fait, tout à fait prochain?

Il n'y avait pas à s'y méprendre. L'aumônier ne pouvait attribuer qu'à un très-prompt éloignement du pays l'heure peu habituelle de cet adieu.

Maxime secoua la tête. Le régiment n'avait pas encore d'ordre précis. On s'attendait à le recevoir d'un instant à l'autre, peut-être dès le lendemain.

Il n'entreprit pas, du reste, d'élucider le côté bizarre de sa venue. On pouvait le comparer à un enfant heureux d'avoir atteint un but convoité, et dont l'insouciance ne songe pas à légitimer les moyens employés pour y parvenir.

Il respirait largement, sa parole était plus gaie, son œil avait des rayons. Toute son attitude semblait dire : « Je suis si content d'être ici!... Pour l'amour de Dieu, ne me demandez pas comment j'y suis venu ! »

Et personne ne le lui demanda. Il y avait plusieurs mois qu'on ne l'avait vu à l'hôtel Saint-Èbre ; il disait y être arrivé pour dîner seulement. La soirée appartenait à Brébion.

Avouez que Brébion aurait eu mauvaise grâce d'en paraître trop étonné, même avec le froid, même avec la neige

Une intimité paisible et charmante régnait autour

du foyer où Maxime apportait un entrain qu'on ne lui supposait pas.

Étiennette eut tout à coup le soupçon que cet entrain n'était autre chose que de la fièvre, et ses grands yeux interrogèrent.

— Qu'avez-vous? dit aussitôt Maxime en interrompant tout net un souvenir militaire.

— N'ai-je pas le droit de vous retourner la question? répondit-elle doucement. Vous êtes tout changé.

Ses sourcils se froncèrent comme en face d'un danger.

— N'ai-je pas raison, bon père?

Étiennette regarda l'aumônier pour le mettre de moitié dans son interrogation.

La chaleur, l'heure avancée, les quatre-vingts ans de l'abbé Joumel avaient produit leur effet soporifique, en dépit de la verve inaccoutumée de l'officier. Il dormait.

Celui-ci constata par un sourire de bonne humeur que son amour-propre n'en était aucunement froissé.

Tous deux baissèrent la voix respectueusement en répétant ensemble :

— Qu'avez-vous?

— Il me semble que ce n'est pas M. Maxime de Saint-Èbre que je vois ce soir, dit Étiennette.

— Qui voyez-vous donc, mademoiselle?

— Un homme heureux.

— C'est que je le suis, non comme le sont les autres, certes, mais comme je peux l'être, moi.

— Ou plutôt, corrigea-t-elle, un esprit communicatif, conciliant, souriant, que je ne connaissais pas.

— Comme vous savez bien railler!... Je ne l'aurais jamais cru : vous êtes si indulgente, d'ordinaire!

— Oh! je ne raille jamais. Avouez, monsieur, que ce serait une étrange présomption.

— Vrai, vous me trouvez changé?... Je dois l'être, car je ne me reconnais pas moi-même. Je suis délivré d'un poids écrasant... Je respire. J'ai tant lutté!

Involontairement, un mot vint aux lèvres d'Étiennette.

— Et contre quoi? demanda-t-elle.

Elle eût voulu le retenir. Déjà la digue était rompue.

— Contre quoi?... Mais contre mille choses que vous comprendrez mal, peut-être, recluse volontaire que vous êtes! contre mille riens dont le monde fait des montagnes; contre mon cœur qui murmurait : « Prends le bonheur où il t'apparait », contre ma raison qui disait : « Fuis une tentation dangereuse », contre une intraitable fierté qui me faisait compter et recompter sans relâche les quarante ans qui vont

sonner pour moi; contre l'orgueil même, j'en
rougis!... l'orgueil qui donnait sa note fausse dans
l'effroyable concert de doutes, de rêves et de ter-
reurs où je me débats depuis six mois.

La voix d'Étiennette répéta comme un écho :

— Depuis six mois !

— Il y a six mois, continua-t-il, j'étais sinon un
spleenique, comme dit ma sœur Margaret, au moins
un misanthrope, une sorte d'Alceste adouci. J'avais
éprouvé quelques désillusions; j'avais exagéré mes
blessures; j'avais crié bien haut que je prenais le
monde en pitié. De fait, je ne voyais guère que des
unions imprudentes, que des femmes sottes, que des
bonheurs s'en allant à la dérive. Il vous souvient
peut-être, mademoiselle, m'avoir entendu dire à
cette époque que je ne me marierais jamais?

Étiennette n'avait garde de répondre. Le cœur,
s'il bat sans mesure, peut parfois se briser. Elle
écoutait si son cœur ne se briserait pas.

— C'est que je ne savais pas ce que les sentiments
humains nous gardent de surprises!... Sous ma dure
enveloppe, je n'imaginais guère que pourrait se glisser la douceur d'une tendresse vraie, profonde,
durable. Oh! oui, durable!... car si elle m'est née
lentement, par degrés insensibles, elle s'est si
bien installée chez moi en reine et maîtresse, que
tous mes efforts pour résister à cet envahissement

n'ont abouti qu'à m'en démontrer la puissance.

Il se tut; dans la chambre où mourait le brasier, on n'entendait que la respiration régulière du vieillard endormi.

— Oui, je sais bien, reprit Maxime d'une voix plus basse, plus troublée, je sais bien que c'est à ce saint prêtre que je devrais m'ouvrir tout d'abord. Je venais pour cela. Il paraît que je n'ai pas su être brave jusqu'au bout, je me suis grisé de mes propres paroles, cherchant l'occasion... j'ai retardé... retardé... et voilà qu'il dort. Je pouvais... prier... mon frère... oui... c'eût été plus convenable... si mon frère avait voulu...

Il s'embrouillait et tremblait presque.

Étiennette ne tremblait plus. Un flot de sang glacé montait, montait lentement, de ses membres rigides à son cœur épouvanté.

— Et puis, vous êtes au-dessus de ces conventions mesquines... Malgré votre jeunesse, n'êtes-vous pas sage comme la vertu et grave comme la maternité?... Oui, j'oublie vos vingt ans... vos vingt ans qui font de vous la mère, la vraie mère de votre chère Paula, pour vous prier de m'entendre...

Ce nom de Paula, prononcé par les lèvres émues de Maxime, la secoua comme une décharge électrique. Elle ouvrit tout grands ses yeux fixes et balbutia douloureusement :

— J'ai compris... assez... monsieur... j'ai compris...

— Ah!... si vous avez compris! mais c'est impossible!... laissez-moi achever.

— A quoi bon?... ne suis-je pas la sœur aînée?... vous avez dit « la mère ».

Il la regarda, surpris de son accent. Elle continua sans vouloir rencontrer ses yeux :

— La sœur aînée comprend qu'on admire... sent qu'on aime... et... permet qu'on lui demande... Paula.

Elle laissa tomber ce nom comme une plainte, et voulut sourire comme sourient les, mères quand on vient leur réclamer leur enfant pour une nouvelle existence.

Mais ses lèvres se refusèrent au mensonge, ses paupières battirent et sa tête s'inclina, lourde et bourdonnante, sur ses mains croisées.

« Seigneur! priait le cœur de la pauvre fille, Seigneur! donnez-moi la force! »

Tout à coup, elle sentit des mains caressantes saisir ses mains et les détacher de son visage.

Elle sentit sur ses yeux clos le chaud rayon d'un regard ami.

Elle entendit à son oreille une voix tendre qui murmurait comme un souffle :

— Étiennette... pauvre chère abusée!... vous n'avez rien compris... vous ne savez rien... puisque

vous prononcez « Paula » quand il faut dire « Étiennette ».

Elle jeta un cri, un de ces cris du cœur qui ne
trompent pas... les officiers de dragons, mais qui
réveillent les vieillards endormis.

— Qu'est-ce ?... qu'y a-t-il ? demanda l'abbé Joumel en secouant sa léthargie.

Maxime se pencha vers lui.

— Rien de trop fantastique, dit-il avec grâce. Mes
histoires n'avaient réussi qu'à vous endormir, tandis
que mes contes bleus ont arraché un cri à mademoiselle Étiennette.

— Ils étaient donc bien surprenants ? sourit l'excellent homme.

— Mais, pas du tout ; seulement, ils ne sont pas
complets.

— Finissez-les bien vite, alors, et que je vous ren-
voie : savez-vous qu'il va être minuit ?

Maxime, redevenu très-sérieux, regarda longuement Étiennette, qui se tenait blottie contre la cheminée comme un petit oiseau palpitant.

— « Mademoiselle, dit-il avec un respect d'attitude et d'accent dont le vieillard resta frappé, depuis que je vous connais, j'admire votre grandeur,
je m'incline devant votre simplicité. Un peu après,
j'ai été attiré par le charme pénétrant de votre esprit. J'aurais dû vous le dire alors. Encore quelques

semaines écoulées, je découvrais que vous n'aviez pas
seulement captivé mon intelligence par la vôtre,
mais que vous aviez surtout gagné mon cœur par la
pureté de votre cœur. Toutes mes folles inquiétudes
de respect humain, tous mes misérables calculs
d'âge, de position, d'avenir, s'envolèrent un jour
devant votre souvenir, doux comme une vision sainte.
Ce jour-là, je partis comme un écolier pour le *Lison,*
où je savais vous surprendre, afin de vous demander
s'il ne vous déplaisait pas trop d'appuyer votre vingtième année sur mes quarante ans prochains.

« Souvenez-vous, mademoiselle, que ce jour même,
au *Creux-Billard,* mon frère, avec une brusquerie
joyeuse, me jeta vos huit cent mille francs à la face,
sans se douter qu'il écrasait du même coup mon rêve
de mariage.

« Non, mademoiselle, je ne dis pas un mot pendant le reste de cette fatale promenade; je ne dis
pas un mot depuis lors. Je me tins éloigné, sombre,
désolé. Vous demander!... maintenant que vous étiez
riche!... Vous sentez bien, n'est-ce pas, que cela ne
se pouvait plus? »

Étiennette fit un mouvement.

Il le vit, et sa physionomie refléta une énergie
douloureuse.

« Je ne le pouvais plus. De là mon silence. Si j'ai
parlé ce soir, c'est que je vais partir et que mon se-

cret est de ceux qu'on ne doit pas emporter hon-
teusement. J'ai voulu revoir une dernière fois ces
lieux que j'aime et qui ne m'appartiendront pas,
cette jeune fille que j'aime et qui ne sera pas ma
femme, parce que l'honneur veut que je ne paraisse
pas mendier, avec sa main, son or. »

L'abbé Joumel redressa sa taille fléchie, tendit la
main à Maxime, et paternellement :

— Vous agissez noblement, mon cher enfant;
mais alors pourquoi troubler le repos d'Étiennette?

Le front de Maxime s'empourpra.

— Pardonnez-moi, dit-il, vous qui avez l'indulgence infinie du prêtre. Qu'elle me pardonne aussi,
elle, qui ne sait que bénir!... Je n'ai pas la vertu qui
fait les saints, moi; je suis un soldat. J'ai bien voulu,
non sans luttes, renoncer à cette petite main que
vous appeliez si durement un jour, mademoiselle,
« une main de fille laide »! Mais je n'ai pas eu le courage de partir sans que cette « fille laide », qu'em-
bellissent tant de beautés morales, sût qu'elle était
aimée avec désintéressement. Pour ma punition, j'ai
compris trop tard combien étaient forts les fils que
la petite main avait enroulés au cœur du soldat!

Un sanglot d'Étiennette l'interrompit.

— Ah! je sais bien qu'il eût été plus digne de
vous, plus digne d'un homme vraiment fort, de nous
dire adieu bravement sans me trahir. Je ne l'ai pas

pu. Je ne respire même à l'aise que depuis l'instant où, sûr de mon prochain départ, j'ai osé me dire : « Elle va tout savoir, et m'estimera sans doute. » Vous me trouviez l'air heureux !... Étrange bonheur que celui-là !... C'est pourtant le seul qui convienne au cœur assez aveugle pour avoir autant tardé à comprendre le vôtre.

— Eh bien ! pensait le bon abbé, si j'étais Étiennette, je lui prouverais le contraire.

Il espérait presque qu'elle allait le faire séance tenante, tant il était touché de la sincérité de l'officier.

Étiennette se contenta, toutefois, de lui tendre la main, de serrer la sienne sans pruderie, et de dire d'une voix émue :

— Il est bien que vous partiez. Le Seigneur sait ce qui nous est bon.

Maxime le sentait encore avec plus de force, car, sans rien ajouter, il vint présenter son front incliné à la muette bénédiction du vieillard, et sortit avec lenteur.

— Eusèbe Trabois est tout à fait noyé, pensa l'abbé Joumel.

Étiennette, le front transfiguré, s'enfuit dans la chambre de la marquise, où l'aurore la surprit à genoux, endormie sur les pieds miséricordieux de Notre-Dame Libératrice.

XX

Trois jours après, le régiment de dragons quittait Poligny pour Lunéville, et lady Margaret, dépitée, déclarait à Paula que son beau-frère était un vieux garçon sans yeux, sans goût, sans intelligence et sans cœur.

Paula fit, pour toute réponse, une moue dédaigneuse qui classait à tout jamais Maxime de Saint-Èbre parmi les mortels indignes de la moindre bienveillance.

Au début, sa coquetterie aurait souhaité cette difficile conquête.

Au fond, elle tenait médiocrement à s'attacher cet homme grave et sévère. Le nom lui plaisait, la position lui aurait souri, c'était tout. Il ne fallait pas demander à l'égoïsme de Paula une plus grande profondeur de sentiment.

Au printemps, pour la consoler, et se créer une compagnie flatteuse, lady Margaret déclara qu'un voyage à Nice rétablirait le petit Edward toujours souffrant des bronches.

Elle se reprochait surtout de ne pas l'avoir entrepris pendant les froids, et n'était pas loin, avec la
logique ordinaire des femmes, d'accuser son mari de
l'avoir retenue, l'hiver, dans un pays dangereux
pour l'enfant.

Toujours débonnaire, M. Charles se contenta de
lui faire observer que son idée était excellente,
puisque le climat de Salins, malgré le printemps prêt
à naître, n'en resterait pas moins encore longtemps
rigoureux, tandis que le soleil de Nice épanouissait
déjà toutes les fleurs.

Étiennette ne mit pas obstacle au désir de lady
Margaret, qui voulait emmener Paula, parce qu'au
retour on devait s'arrêter à Paris, et qu'il entrait
dans les vues de la sœur aînée que la jeune sœur
connût Paris.

Ce printemps de 1873 fut le signal d'une extrême
activité à Brébion. Les ouvriers s'y abattirent ; les
vieilles pierres durent tressaillir jusque dans leurs
fondements séculaires, en voyant les pioches et les
pics modernes entailler leur sol respecté.

Étiennette était le grand architecte. Elle aimait
trop profondément ses ruines pour les laisser entamer, menacer même. Les travaux les premiers entrepris ne furent qu'une consolidation des parties
devenues dangereuses.

Mais à côté des ruines, un peu en arrière de leur

masse imposante, on vit bientôt s'élever un bâtiment vaste, simple et confortable, autour duquel un jardinier de la ville eut ordre de tracer les allées droites et les parterres réguliers qui plaisent aux vieillards.

Le bâtiment n'était point terminé que déjà l'abbé Joumel, dont les pas chancelants s'appuyaient sur le bras de sa chère élève, essayait cette promenade conquise sur les broussailles, et en louait l'accès facile pour ses infirmités.

— D'autres infirmités y viendront chercher une distraction, un air pur, une vue superbe, disait-elle alors; et c'est vous, bon père, qui en aurez eu la première pensée.

C'était en effet pour les vieillards abandonnés que travaillait Étiennette. Entourée de gens âgés et souffreteux, depuis son enfance, elle avait contracté pour la vieillesse une sorte de reconnaissance dévouée.

Les premiers vœux de la défunte marquise, la première inspiration de l'abbé, se trouvaient ainsi remplis par le respect d'Étiennette.

Vers la fin de juillet, on vit poindre à l'abri de l'Asile des vieillards, entre deux pans de murs dont la solidité défiait les siècles, une petite maison plus basse, plus discrète, plus riante, avec un jardinet tracé dans les rochers, sans souci des mouvements de terrain, à peu près comme s'il était destiné à de jeunes chevreaux.

C'était presque la même chose, après tout. La petite maison et le jardinet dans les roches étaient destinés aux orphelines.

Étiennette se souvenait des enfants sans mère et leur créait un refuge touchant.

Infatigable, elle étudiait les devis de l'architecte qu'elle avait adjoint à son inexpérience, surveillait les constructions et s'assurait déjà d'aides pour l'avenir. Elle avait des ailes. Elle portait au front une auréole. Elle gardait un coin de ciel dans son cœur. Aimée!... elle était aimée!...

La correspondance d'Aubin et celle de Paula formaient le côté rafraîchissant et gracieux de son existence active.

« Ma chère, lui écrivait Paula, on prétend que les « Parisiennes ne peuvent habiter Paris l'été sous « peine d'y mourir de chaleur ou de consomption. « Je te certifie qu'on y vit à merveille, que les « Champs-Élysées ont une ombre admirable, les « glaciers des sorbets exquis, les artistes des voix « délicieuses et les grandes couturières des toilettes « sans pareilles. Avec cela, de longues promenades « aux environs, des concerts dans les bois, des par- « ties de canot, que sais-je? Je m'amuse énormé- « ment. Lady Margaret daigne avouer que Paris

« vaut Londres. C'est un progrès. Cet hiver elle eût
« soutenu le contraire.

« Aubin nous fait les honneurs de la grande ville
« avec beaucoup d'esprit. Il avoue ne pas trop la con-
« naître, ayant travaillé beaucoup depuis qu'il nous
« a quittés ; mais il s'en assimile à ravir les usages, si
« bien qu'il peut nous accompagner partout de la
« meilleure grâce du monde. »

Étiennette souriait doucement en recevant ces
lettres, d'autant mieux qu'Aubin écrivait de son côté :

« Ah ! chère Étiennette, si vous saviez quel rêve
« pour un anachorète comme moi de se voir tout à
« coup transformé en chevalier servant de deux
« femmes aimables, dont les caprices charmants
« nous transportent en une seule journée aux op-
« posés les plus invraisemblables.

« Sous prétexte de combattre le spleen, lady Mar-
« garet veut tout voir, tout connaître, tout embras-
« ser. Cette Anglaise frêle stupéfie mon organisation
« de montagnard. Votre Paula nous suit ou nous
« précède suivant que souffle l'inspiration. Vous
« retrouverez agrandis par la curiosité les beaux
« chers yeux que vous aimez, et, réjoui par le plaisir,
« le sourire éclatant qui illuminait Brébion. Les
« heures volent. M. Charles de Saint-Ebre parle de
« retour. Étiennette, voulez-vous que je retourne
« aussi ? »

16

Mademoiselle de Béringe répondit : « Pas encore.
Je suis certaine que vous ne travaillez plus. »

C'était Paula qui se chargeait d'excuser Aubin.
« Eh ! comment veux-tu qu'il travaille, puisque
« nous accaparons tout son temps, et qu'il en pa-
« raît plus heureux qu'on ne peut dire ? Tu le
« disais travailleur !... Pour le moment, il est Pa-
« risien, il s'amuse avec entrain et nous escorte
« avec une certaine élégance. D'ailleurs, il est
« métamorphosé. Le succès en a fait quelque
« chose de très-passable. Lady Margaret, qui s'y
« connaît, veut bien lui donner le bras pour faire
« un tour de lac. Cela, ma chère, est un critérium
« infaillible. »

Étiennette haussait doucement les épaules et priait
Dieu de ne pas abandonner son ami d'enfance dans
cette épreuve d'où pouvait sortir le salut ou le
suprême découragement.

Lady Margaret daigna faire part elle-même de
son prochain retour à Salins.

« Nous vous arriverons bientôt, ma chère made-
« moiselle Étiennette, ne renonçant pas facilement
« à la jolie existence que nous menons ici. Mon
« Dieu ! que Salins va me paraître petit !... je suis
« épouvantée de la comparaison. Charles m'assure
« que Paris voudrait bien avoir une de nos monta-
« gnes, et que je vais les retrouver toutes avec plus

« de plaisir que je ne le suppose. Je veux bien le
« croire... Edward est enchanté de revenir, cela me
« console un peu. Paula ne dit mot. Elle a été fort
« remarquée pour sa beauté et son grand air pendant
« notre voyage. X..., le célèbre écrivain qui a sou-
« tenu et dirigé M. Aubin Vial, l'a comparée à une
« des femmes de Gœthe. Il a même écrit je ne sais
« quoi de très-joli, paraît-il, là-dessus. Vous savez
« que je n'entends pas grand'chose à votre littéra-
« ture, qui me paraît abominablement légère... en
« général. Cependant, je dois faire exception pour les
« œuvres récentes de M. Vial. Elles sont dignes, par
« leur moralité, de figurer parmi nos productions
« nationales. C'est aussi l'avis des Français. Le succès
« de ce jeune homme est surprenant. Il n'est ni
« riche, ni beau, ni de grande famille et le voilà
« reçu partout, fêté partout. Je le regarde volon-
« tiers comme un Dickens de l'avenir, et c'est dans
« cette persuasion que j'ai accepté ses bons offices.
« Il a vécu dans notre intimité et le méritait, vrai-
« ment. Vous en serez satisfaite, chère mademoiselle,
« vous qui l'avez toujours protégé quand il en avait
« encore besoin. Maintenant, il a un nom, encore
« jeune, mais qui prendra de l'éclat et surtout de la
« solidité. »

Quand les voyageuses rentrèrent à Salins avec
M. de Saint-Èbre et le petit Edward, les construc-

tions nouvelles, conduites avec une rapidité remarquable, touchaient à leur terme.

Ce furent des cris de surprise et de félicitations. Étiennette n'accepta pas d'éloges, les faisant remonter tous à la marquise dont la charité ne devait pas être dévoyée de son but primitif.

Elle avait poursuivi son œuvre, obtenu des religieuses pour soigner ses vieillards et instruire ses orphelines, commencé, et presque rempli déjà, la liste des malheureux qu'elle entendait recueillir.

Absorbée tout entière, en apparence, par des soins aussi minutieux, elle trouvait encore le moyen de se montrer fille de plus en plus dévouée pour le bon abbé, dont les infirmités devenaient chroniques.

Lady Margaret, malgré ses petites préventions, fut frappée de cette sollicitude tendre, de cette activité sans bruit.

— C'est une fille de cœur et de tête ! dit-elle un jour.

— Tu vaux mieux que moi, dit Paula, en ressentant, pour la première fois, une certaine honte de l'inutilité absolue de sa frivole existence.

Étiennette ne répondit que par un baiser. Ses exemples parlaient assez haut.

Un jour que Paula descendait de Brébion, suivie d'Edward qu'on lui avait confié, l'enfant voulut cueillir un bouquet de *saxifrages,* dont les petites rosettes de feuilles vertes, finement découpées sur les bords, croissent de préférence entre les pierres brisées.

Brébion en est fort riche, et l'enfant faisait déjà une abondante moisson quand ses yeux chercheurs tombèrent sur une sorte de petite mouche. immobile sur un brin d'herbe.

— Oh! la jolie petite bête! s'écria-t-il en la désignant du doigt.

Elle était sur un rocher assez abrupt, près d'un buisson de rosiers sauvages.

— Tu peux la cueillir, répondit Paula, ce n'est pas une mouche, c'est une fleur, l'*ophrys-insecte ;* tu dois même en sentir d'ici l'odeur de vanille.

—Une fleur! une fleur! dit l'enfant, dont les connaissances en botanique n'allaient pas encore jusqu'à distinguer les raretés de la flore jurassienne.

Joyeusement, il grimpa pour l'atteindre. La pluie récente avait rendu le rocher glissant. Il se sentit perdre pied, jeta un cri et tomba.

Paula s'élança par un mouvement instinctif. Son élan, sans arrêter la chute de l'enfant, détermina la sienne propre.

Ses pieds portèrent sur une pierre branlante qui se détacha sous le poids ; ses mains s'accrochèrent à des ronces qui cédèrent en les déchirant. Un ébou-

16.

lement partiel de terres minées par la pluie la roula
dans son flot pierreux et la jeta sur l'angle d'une
roche, où son corps porta durement, la tête en
avant.

Elle ne jeta pas une plainte. Elle avait perdu connaissance en touchant la roche.

L'enfant, lui, avait été retenu par les dernières
branches des rosiers sauvages, où sa jupe écossaise
s'accrocha fort à propos.

De cette position, plus désagréable que dangereuse, il continuait à pousser des clameurs désespé-
rées qui parvinrent aux ouvriers maçons.

Précipitamment, ils abandonnèrent leurs échafaudages et vinrent au secours du pauvre petit, qu'ils
remirent sur pieds en s'assurant qu'il n'avait que des
égratignures.

Ce fut seulement alors qu'ils aperçurent Paula immobile, le visage inondé de sang.

Avec plus de difficultés, ils parvinrent jusqu'à elle,
la soulevèrent et la ramenèrent sur l'étroit sentier où
Étiennette accourait épouvantée.

Au château, où les maçons la remontèrent avec
mille précautions, on découvrit, sous le sang et les
cheveux dénoués, une horrible déchirure qui partageait la joue droite et la bouche jusqu'au menton.

Tandis qu'Étiennette essayait d'arrêter le sang, la
malheureuse jeune fille ouvrit les yeux, mais la souf-

france la rejeta dans un nouvel évanouissement.

Le plus jeune, le plus alerte des ouvriers avait sauté, comme une chèvre, de Brébion chez le docteur Barbet, qui ne tarda pas à accourir.

Son inspection minutieuse le convainquit qu'il n'existait aucune lésion externe autre que la blessure profonde du visage.

Tout faisait espérer, en outre, que des lésions internes ne s'étaient pas produites. Toutefois, il fallait attendre encore pour confirmer ce dernier diagnostic.

Sans perdre une minute, il recousit les chairs déchirées, fit un pansement et laissa sa malade endormie du sommeil troublé de la fièvre.

La nuit fut bonne. Le docteur put affirmer, dès le lendemain, que cette chute effrayante n'aurait définitivement d'autres suites que la blessure faciale causée par le choc de la tête sur un angle aigu du rocher.

Étiennette, tremblante, n'osa point formuler une question terrible.

Le docteur la comprit, et vivement :

— Non, mademoiselle, dit-il, j'espère qu'elle ne sera pas trop défigurée.

Pas trop !

Paula ne demanda rien.

Pendant les longues journées où la fièvre la cloua

sur son lit de malade, elle suivait d'un œil atone les mouvements discrets d'Étiennette, qui allait et venait sans bruit de sa chambre aux ouvriers.

Elle écouta, sans paraître les entendre, les consolations affectueuses et chrétiennes que murmurait à son chevet le bon aumônier.

Quand lady Margaret pleurait en lui baisant les mains, elle les retirait doucement et ne prenait pas la peine de répondre.

On avait écrit à Aubin qu'il était survenu un accident à Paula.

Aubin arriva le surlendemain.

Mais, quand il demanda à voir son ancienne compagne, elle répondit tristement qu'elle ne le recevrait qu'après cicatrisation entière de sa blessure.

La vanité l'emportait même sur l'amitié.

Aubin n'insista pas, s'enferma dans sa cellule, demeurée intacte aux flancs de la *Tour-Maîtresse,* et y composa un volume en moins de trois semaines, le plus vrai qu'il eût encore écrit, le plus beau qu'il dût écrire jamais.

C'était un chant de douleur où éclatait, en plaintes inspirées, toute la poésie de ce pauvre cœur souffrant.

Ce livre, qu'il envoya à Paris avec la distraite indifférence d'un esprit occupé ailleurs, lui revint, peu après, escorté des premières critiques et des premiers applaudissements du public.

A Brébion, ce fut une fête, ou plutôt un rayon consolant au milieu des nuages.

Les jours avaient marché, l'hiver revenait ; il fallait remettre au prochain avril l'inauguration de l'Asile et de l'Orphelinat.

On n'était point désœuvré pourtant. L'aménagement intérieur demandait un dernier effort pour être prêt à recevoir les pensionnaires de la charité.

On suspendit quelque temps cette activité soutenue pour se grouper autour d'Aubin et lui offrir les louanges plus délicates et plus chères de l'intimité.

Son livre, lu à haute voix, parut remuer, chez Étiennette, une fibre silencieuse, attendrie, qu'elle contraignait à l'immobilité par une énergique volonté.

Paula elle-même en fut touchée. Sa glaciale insensibilité, qui s'était prolongée infiniment plus que l'intensité du mal, en fut comme ébranlée.

Elle s'était tue par orgueil, pour ne pas montrer le désespoir immense qui la torturait.

Elle sortit de son silence farouche, et, pour la première fois, témoigna le désir de voir Aubin. Il y avait plusieurs mois qu'elle se cachait.

Quand Mariette alla le chercher à la *Tour-Maîtresse*, le pauvre garçon pâlit de saisissement, puis fit un bond de joie, puis saisit à deux mains la tête ridée de la servante et l'embrassa sur les deux joues.

— Elle veut donc bien me voir !... enfin !... enfin ! Se doutera-t-elle jamais de tout ce que j'ai souffert?...

XXI

Paula s'était fait conduire dans l'appartement de l'abbé Joumel, où se réunissait maintenant la famille.

Un bandeau blanc enveloppait encore son visage, blêmi par de longs accès de fièvre, altéré par l'inquiétude poignante d'avoir à jamais perdu sa beauté.

Étiennette, qui seule la pansait, seule aussi savait quels ravages la chute avait produits.

De même que Paula, dans sa fierté intraitable, n'avait jamais demandé à Étiennette quelle part d'héritage elle voudrait bien lui réserver, de même sa vanité aux abois avait reculé devant toute interrogation.

Quand Aubin entra chez l'aumônier, Paula, volontairement, énergiquement, ignorait encore s'il restait quelque chose de la ravissante figure qui avait été la sienne, ou bien s'il lui faudrait envier la laideur d'Étiennette.

Il y avait du caractère, mais un caractère dévoyé, dans cette nature égoïste.

Elle se retourna en entendant entrer le jeune

homme, et lui sourit comme au temps de leur enfance.

— Pardonne-moi, Aubin, dit-elle en lui donnant
la main, d'avoir tant tardé à te recevoir. Je m'habi-
tue mal, vois-tu, à me montrer encapuchonnée de la
sorte.

Quoique frappé au cœur de sa pâleur et de la
blessure soupçonnée, il répondit avec gaieté :

— Vous avez un petit air de religieuse qui ne vous
sied pas mal du tout, ma chère Paula.

— C'est fort heureux ! reprit-elle, car je vais peut-
être devenir religieuse, en effet.

— Quelle plaisanterie !

— Cela dépendra de ce que je vais apprendre.

— Quoi donc, grand Dieu ?

— Sous ce bandeau se trouve probablement une
tête défigurée. Si cela est, je la cacherai dans un
cloître.

Etiennette éleva sa voix grave et douce.

— Non, dit-elle, ce serait donner à la Religion ce
qu'on n'oserait plus offrir au monde.

— Et quand cela serait ?

— Dieu n'agrée pas ces sacrifices.

— Pourtant...

— Regarde-moi, je suis plus laide que tu ne le
seras jamais. Il y eut une époque dans ma vie où
j'aurais volontiers enfoui ma laideur sous le voile.

Je résistai, car je n'étais pas résignée à ma disgrâce physique, et c'eût été bien plutôt la révolte de la nature que la vocation qui m'eût jetée dans un couvent.

Un sourire, qui n'était pas dénué de malice, courut sur la petite portion de son visage que Paula consentait à montrer.

Tout à coup, elle se leva, se tourna vers la glace étroite que l'abbé Joumel rangeait aussi parmi ses objets de luxe, et d'une main ferme détacha le bandeau.

Les chairs recousues avaient tracé sur la joue un large sillon blanchâtre, légèrement creusé, avec des ramifications inégales qui montaient à l'œil, d'un côté, et se perdaient, de l'autre, sous le lobe de l'oreille.

La bouche, moins profondément fendue, se relevait en un coin sous le tiraillement qu'avait produit le passage de l'aiguille.

Il en résultait un rictus pénible où venait mourir toute la grâce des lèvres rouges.

Les traits entiers, altérés par la longue souffrance, présentaient un amaigrissement maladif.

Paula resta debout devant la glace, sans un geste, sans un mot.

Derrière elle, un grand silence.

Elle assistait aux funérailles de sa beauté, de sa

17

splendeur, de ses succès, de ses rêves !... Entre les quatre parois dorées du petit cadre, elle voyait défiler les admirations passées, les enthousiasmes éteints, les triomphes de sa vanité, les aspirations de sa coquetterie !... tout cela fané, froissé, brutalement détruit par l'implacable réalité des choses.

Elle était laide maintenant, irrémédiablement laide !... d'une laideur accidentelle, heurtée, déchirée, cent fois plus lamentable que la laideur pâlotte et voilée d'Étiennette.

Elle eut la force de ne pas cacher sa figure dans ses mains, cette figure qu'elle ne connaissait plus !... et d'épuiser la coupe amère sans un sourcillement.

Seulement, tout au fond, tout au fond d'elle-même, quel écroulement !

Quand elle se retourna de nouveau vers ses amis, son œil morne embrassa d'un regard leurs diverses attitudes comme pour y lire l'impression qu'elle devait produire désormais.

Étiennette, qui depuis longtemps savait, exprimait une pitié sincère, un secours déterminé à ne jamais faire défaut.

« Je suis là, semblait-elle dire, pour adoucir l'épreuve, en prendre la moitié, et t'apprendre à souffrir fructueusement. »

La surprise douloureuse de l'abbé Joumel se traduisait par deux mains jointes, des lèvres tremblantes d'émotion, et plus encore de prière.

Dans les yeux d'Aubin s'ouvrait comme un horizon nouveau dont la profondeur la frappa.

Ces yeux clairs, larges et fixes, ne semblaient redouter ni l'examen, ni la suspicion, ni le doute.

Ils livraient inconsciemment leur secret, derrière lequel, montant de l'âme, on voyait poindre déjà la grandeur d'une virile résolution.

Ce quelque chose d'inexprimé, qui luisait dans ce regard gris, attira Paula comme une énigme,... un peu aussi comme une promesse.

Elle fit un mouvement pour aller à lui, puis, se ravisant, elle présenta à l'aumônier, par un geste navré, sa figure ravagée.

— Me reconnaissez-vous, monsieur l'abbé? demanda-t-elle d'un ton âpre.

— Que Dieu vous reconnaisse toujours aussi bien que je le fais, ma pauvre chère petite! répondit-il affectueusement.

— Me reconnais-tu, Aubin?

Le pauvre garçon eut un frissonnement qui le secoua des pieds à la tête. Une blancheur de suaire s'étendit sur son front, tandis que ses yeux s'enflammaient d'une lueur extraordinaire.

Sa voix eut une douceur sans pareille en murmurant :

— Si je vous reconnais, Paula!... Mon cœur vous
voit, mes yeux vous supplient, mes lèvres vous
appellent!... Vous êtes mieux *ma* Paula!... parce
qu'une douleur ressentie par vous rapproche de vous
l'enfant sans famille!

— Oh! l'ingrat!... qui se dit sans famille! souffla
Étiennette avec un bon regard encourageant. Et
nous?... Ne sommes-nous pas ses sœurs?

Ce regard glissa d'Aubin à l'aumônier, et lui apprit ce que les paroles du jeune homme venaient de
lui faire entrevoir.

— Il voudrait mieux, si je ne me trompe? dit-il
en attirant Aubin à lui par un geste paternel.

Aubin n'osait respirer. Sa présomption, brusquement révélée, et que pour rien au monde son cœur
n'eût voulu reprendre, l'épouvantait maintenant.

— Avez-vous entendu, ma fille? reprit l'abbé.

Oh! oui, Paula avait entendu, et quelque chose
s'agitait en elle d'imprévu, d'étrange, comme une
reconnaissance chaude, comme une résurrection
d'orgueil.

A l'heure même où s'abîmaient tous ses rêves de
triomphe, tous ses désirs de bonheur, voilà que se
manifestait une tendresse immuable qui lui créait à
nouveau des droits, des aspirations, un but.

Elle ne pouvait dire que cette tendresse montait
de trop bas pour la toucher, car celui qui choisissait

pour l'exprimer l'heure de la désillusion suprême
s'était élevé à son niveau par le travail et la réussite.

Elle sentit avec non moins d'intensité, à côté de ce
sentiment protecteur, l'abandon dédaigneux où la
laisseraient désormais ceux qui, dans elle, n'aimaient
que sa beauté.

Et, tandis que les enthousiasmes morts s'effaçaient
à l'horizon de ses souvenirs mondains avec des pâ-
leurs d'ombres, un avenir brillant d'espérances s'é-
panouissait tout à coup avec des rayons attendris.

— Avez-vous entendu, ma fille? répéta l'aumônier.

— Oh! tu as compris surtout, n'est-ce pas, chère
sœur? ajouta Étiennette en glissant un bras caressant autour de la taille souple et superbe de la
blessée.

— Oui, j'ai compris! dit lentement Paula dont un
flot de larmes inonda le visage. J'ai compris que je
ne méritais pas ce bonheur d'être aimée encore...
lorsqu'a disparu le fugitif avantage...

— O chère!... interrompit Aubin, mon cœur vous
voit!

— Ceci, c'est l'affaire de ce généreux cœur! dit
Étiennette en étreignant la main d'Aubin avec une
effusion quasi maternelle.

— Ceci, c'est l'affaire de la Providence, qui châ-
tie, qui console, qui règle la destinée et soumet les

âmes. Que la vôtre s'incline et bénisse, Paula. La Providence a mis pour elle le dictame bien près de la plaie !

En parlant ainsi, avec la bonté du père et l'autorité du prêtre, l'aumônier réunit les mains de Paula et d'Aubin dans les siennes.

— Tu la rendras meilleure encore ! dit-il au jeune homme qui pleurait de joie.

— Vous le payerez en bonheur ! dit-il à la jeune fille, dont le cœur troublé palpitait dans la première émotion salutaire et fortifiante qu'il eût encore ressentie.

XXII

Peu de temps après cette radieuse journée, le mariage d'Aubin Vial et de Paula de Béringe n'étant plus un secret pour la bonne ville salinoise, Étiennette se déclara prête à inaugurer les bâtiments neufs de Brébion.

D'immenses calorifères en assainissaient les murs en attendant le prochain soleil. Les dortoirs comptaient cinquante lits de vieillards dans l'asile, cinquante lits d'enfants dans l'orphelinat.

Les réfectoires alignaient leurs tables réjouissantes à l'œil, entre deux rangées de bancs recouverts de moleskine.

Les fauteuils des infirmes occupaient, dans une grande salle de récréation, la meilleure place près des fenêtres, attendant leurs hôtes pour leur donner le repos et la sécurité.

— Il est temps, dit Étiennette, en comptant avec une joie modeste son œuvre menée à bonne fin.

Mais, pour elle, cet « il est temps » avait time signification.

L'inauguration était fixée au dimanche 15 mai 1874. La société de Salins n'eût pas mieux demandé que d'y assister. Étiennette n'avait point consenti, toutefois, à donner à cette fête charitable un tel cachet de publicité.

M. et madame de Saint-Èbre, les membres du clergé et le libraire de la rue du Bourg-Dessus — lequel avait solennellement promis de n'en pas faire le sujet d'un article pour la *Vigie salinoise* — furent seuls admis à se joindre aux habitants de Brébion.

Seuls, non. Maxime de Saint-Èbre avait reçu un mot d'appel, bien simple et bien attractif sans doute, car, au jour dit, dans la chapelle du château où l'aumônier entonnait le *Veni Creator,* la première chose qu'aperçut Étiennette, en entrant, fut un uniforme d'officier de dragons rehaussé des épaulettes de lieutenant-colonel.

Cette nomination toute récente n'était point encore connue au château. Une fête de plus!...

La messe fut entendue, avec un recueillement mêlé d'ahurissement, par les vingt-cinq bonnes femmes et les vingt-cinq vieillards rangés devant l'autel.

Recrutés dans les faubourgs, dans la montagne, tirés de la misère et de l'abandon, ils se demandaient avec saisissement si c'étaient bien leurs pauvres corps usés, décrépis, que l'on destinait ainsi au calme et à l'aisance.

Derrière eux, la ruche bourdonnante de cinquante fillettes aux yeux étonnés gardait le silence admiratif qu'impose l'inconnu.

Hélas ! que de choses à dévoiler à ces petites âmes ignorantes !... que de choses, peut-être, à leur faire oublier !

Étiennette les contemplait avec une émotion assez forte pour contre-balancer l'involontaire attraction qui dirigeait ses yeux brillants vers le bel uniforme.

L'abbé Joumel parla. Sa vieille voix cassée et chevrotante retrouva des accents touchants pour dire à son nouveau troupeau de bénir le Seigneur et d'aimer sa bienfaitrice.

Bénir le Seigneur ! Combien on sentait en l'écoutant que là se résumait ce déclin d'existence chrétienne, dont la foi vive passait, en les échauffant, dans les cœurs inclinés !

Puis le saint vieillard, sollicité par Étiennette, conduisit les hôtes de Brébion dans l'asile, leur ouvrit les portes, leur en montra les salles aérées, les aspects riants, le confort modeste, la pharmacie, l'infirmerie, la lingerie, la salle de bains, les cuisines, et leur dit tout joyeux :

— Mes enfants, vous voici chez vous. Vivez en paix, sous l'œil de Dieu et le dévouement de vos gardiennes.

Les sœurs de Saint-Vincent de Paul, qui rece-

17.

vaient ce dépôt, s'inclinèrent d'abord devant la pauvreté humaine qui représente pour elles la divine pauvreté, et se mirent aussitôt à remplir leurs nouvelles fonctions.

A l'orphelinat, d'autres sœurs du même ordre attendaient les petites filles pour leur faire, à l'abri de la riante maison, une sorte de nid maternel, bien autrement doux et salubre que celui où la misère les avait longtemps confinées.

Lentement, la petite société revint au château où l'attendait un déjeuner de famille. Lady Margaret et Paula allaient en avant, les bras unis, causant du prochain mariage.

— Quelle joie! disait la jeune femme, que M. Vial se soit créé un nom littéraire, à Paris!... Il préludait à son grand bonheur, ma chérie!

Et Paula, mal guérie de ses peines morales, aimait à s'entendre affirmer que l'enfant sans naissance, dont elle acceptait de porter le nom, n'était point indigne d'elle.

Combien faudrait-il d'années de dévouement, de soumission, de tendresse, pour métamorphoser cette nature que le malheur avait ébranlée sans la corriger encore?

Aubin, qui marchait ensuite avec le directeur de la *Vigie salinoise,* se demandait parfois cela sans terreur, sans dépit, avec la sereine perspective d'être si heureux et si bon qu'il la rendrait heureuse et bonne.

M. Charles et le doyen de Saint-Maurice soutenaient les pas ralentis de l'abbé Joumel.

En arrière encore, s'oubliant à chaque rosier, à chaque pierre moussue, à chaque touffe d'herbe, venaient Étiennette et Maxime.

Ils ne s'étaient pas revus depuis plusieurs mois, depuis cette soirée de neige où l'officier, prêt à partir, avait mis tout son secret aux pieds de la jeune fille, comme s'il n'avait plus senti la force de l'emporter loin des montagnes où il la laissait.

Ils ne s'étaient jamais démentis depuis lors dans leur mutuel silence, l'une n'ayant rien promis, l'autre ne demandant rien.

Ils ne s'étaient accusés ni d'oubli, ni d'indifférence ; ils n'avaient montré ni abattement, ni exaltation.

Entre eux, quelque chose s'était échangé, moins qu'une promesse, mieux qu'un projet. L'officier de dragons avait offert 'exagération de sa délicatesse ; la fille laide avait rendu la gratitude tendre de son cœur.

En se retrouvant, par cette fraîche matinée, sur la terrasse où semblaient devoir se nouer les situations simples et graves de leur existence, Étiennette et Maxime éprouvèrent le même frémissement.

Le lieutenant-colonel, qui disait sa vie close à jamais, sentit vaguement qu'elle allait, au contraire, embrasser des phases inattendues.

Étiennette, qui, patiemment, avait attendu l'heure marquée, comprit à ce frisson intime combien cette attente décuplait le bonheur entrevu.

Les banalités de la conversation n'étaient plus de mise entre ces deux cœurs. Ils se taisaient, sentant pourtant qu'il faudrait parler bientôt, lui, pour un nouvel adieu, elle, pour le retenir.

Bravement, elle parla la première. C'était indispensable avec cette farouche délicatesse, qui se fût reproché une démarche comme une faute.

— Ai-je bien agi, suivant vous? demanda-t-elle sans préparation.

De son bras étendu, elle lui montrait son œuvre charitable.

— Oui, répondit-il simplement. Sans rien savoir, j'aurais juré que vous auriez fait cela.

— Ah! j'en suis contente.

— Voyez, fit-il avec un sourire ému, j'ai la prétention de vous deviner.

— Peut-être. En tout cas, votre approbation m'est douce. J'ai longtemps réfléchi. J'ai gardé longtemps le silence. On m'a accusée... soupçonnée... Qu'importe! Une fois mon parti bien pris, j'ai marché sans regarder en arrière.

Il s'appuya contre un débris de rempart comme

pour l'engager à parler encore. Depuis combien de mois n'avait-il pas entendu cette voix vibrante et rhythmée ?

— J'ai fait mes partages, reprit-elle, cédant à cette muette invitation; j'attendais le choix de Paula pour doter son inexpérience. Elle a accepté Aubin, ce qui est ma première grande joie, depuis... depuis une joie plus complète encore que le Seigneur m'a gardée. Lui donner plus de cent mille francs — somme jadis jugée convenable par notre bon aumônier — c'eût été blesser Aubin et paraître faire un marché du douloureux accident survenu à ma pauvre sœur. Légitimement fier de sa plume, il a refusé la même somme, que je le suppliais de recevoir comme le troisième enfant d'adoption de la marquise. J'en ferai construire des écoles, là-bas, au pied de la montagne, pour ne pas contraindre les chers petits à gravir nos hauteurs.

« Mariette et Thibaut, riches en rentes et en maison d'une fortune de trente mille francs, se croient appelés par leur opulence à faire souche de princes.

« Avec une soixantaine de mille francs, le cher abbé Joumel ne rêve plus que fondations fantastiques, qu'aumônes inépuisables.

« L'asile des vieillards coûte cent quarante mille francs; l'orphelinat, soixante-dix mille. Dans ce prix

sont évaluées la rétribution des sœurs, l'admission
future de quelques autres vieillards et du double de
nos orphelines. Je veux les rechercher avec soin,
sans faveur imméritée.

« Les revenus des trois cent mille francs restants
sont appliqués, par acte notarié, à l'entretien de nos
infirmes, de nos fillettes, à leurs besoins sérieux, à
leurs petits plaisirs. Ce n'est point trop. Il me semble,
par instant, que ce n'est guère. Les bonnes sœurs
affirment que c'est suffisant.

« Pourtant Me Trabois m'a très-respectueusement
fait entendre que je laissais, dans tous ces arran-
gements, le peu de cervelle que le ciel m'avait
donnée.

« Quant à M. Eusèbe Trabois, qui avait honoré ma
fortune d'une recherche en bonne et due forme, il
rougit aujourd'hui, devant un tel *gaspillage,* d'avoir
pu traiter son auteur en être raisonnable.

« Voilà ce que j'ai fait, monsieur. Pouvez-vous me
dire encore que c'est bien? »

Un instant, Maxime la considéra avant de répondre. Elle était calme, souriante, point embellie, mais
comme illuminée.

Nulle puissance humaine ne pouvait donner de la
beauté à ses traits irréguliers. L'âme, qui brûlait derrière leur transparence, y pouvait au moins mettre
sa flamme.

C'était cette idéale lumière dont Maxime admirait les reflets. Elle mettait une étincelle dans les yeux, une paillette dans le sourire, une clarté pure sur le visage si franc.

Du rapide calcul qu'Étiennette venait de faire, il n'avait retenu qu'une chose, c'est qu'elle s'était dépouillée volontairement, joyeusement, et restait pauvre, sainte, plus désirable que jamais, devant lui... pour lui.

— Mademoiselle, dit-il en quittant la muraille pour s'incliner avec un religieux respect, voulez-vous me faire l'honneur de m'accorder votre main ?

Elle ne fut point très-surprise. Elle fut très-émue.

— Monsieur, fit-elle à voix basse, un officier a des devoirs, des charges, un rang à tenir. Ne suis-je pas maintenant trop dénuée ?

Vraiment, il n'avait point songé à cela. La loi militaire a des rigueurs absolues.

Devant son embarras, Étiennette eut un sourire.

— Je sais, dit-elle. Mais une année de revenus à peine écornés m'a constitué une rente de quelques centaines de francs, dont je comptais vivre. Rassurez vous, je n'ai bien que cela, à peine de quoi satisfaire les règlements militaires.

Il lui avait pris la main et la serrait avec tendresse, heureux, confus, balbutiant.

La cloche du déjeuner sonnait avec fureur.

—Quelle pitoyable maîtresse de maison je fais, ce matin! s'exclama mademoiselle de Béringe en préci-pitant sa marche vers le château.

Il la suivit, recueillant au passage les mots qu'elle lui jetait.

— Écoutez, monsieur de Saint-Èbre, disait-elle sans s'arrêter, si peu que je connaisse la vie, je sais qu'un officier supérieur est trop en vue, trop contraint à la représentation, pour présenter à son bras une pauvre petite femme laide comme moi.

— Oh!... protesta-t-il.

— Attendez. Cette pauvre petite femme laide n'a plus la vertu de vous dire « non », malgré ce détail qui a son importance. Seulement, elle ne vous exposera pas au sourire moqueur d'un camarade, ni au dénigrement d'un envieux. Quand, dans quelques années, la vie militaire vous aura donné ses derniers honneurs et le grade désiré, vous me trouverez ici, toujours la même, point plus laide : c'est le bonheur des filles disgraciées de ne pas changer en vieillissant.

Elle allait atteindre l'entrée du château. Il la retint avec une autorité douce, devant laquelle s'évanouit toute sa verve railleuse, ce regain de jeunesse qui, malicieusement, lui montait aux lèvres pour éprouver un brin son cher colonel.

— Le grade?... le voici, fit-il en montrant ses épaulettes. Les honneurs?... je les ai tous dans cette décoration. La vie militaire a pris, sans regret de ma part, mes plus belles années : à vous les autres !

— Le déjeuner ! le déjeuner ! cria lady Margaret en paraissant sur le seuil.

Cette apparition ne déconcerta point l'officier de dragons, qui n'entendait pas laisser fuir la minute décisive.

— Étiennette, dit-il dans un souffle chaud, me voulez-vous dès maintenant, pour toujours, de moitié dans votre tâche, à Bréhibé ?

— Oh ! de tout mon cœur ! répondit-elle très-simplement.

FIN

PARIS. TYPOGRAPHIE DE E. PLON ET Cⁱᵉ, 8, RUE GARANCIÈRE.